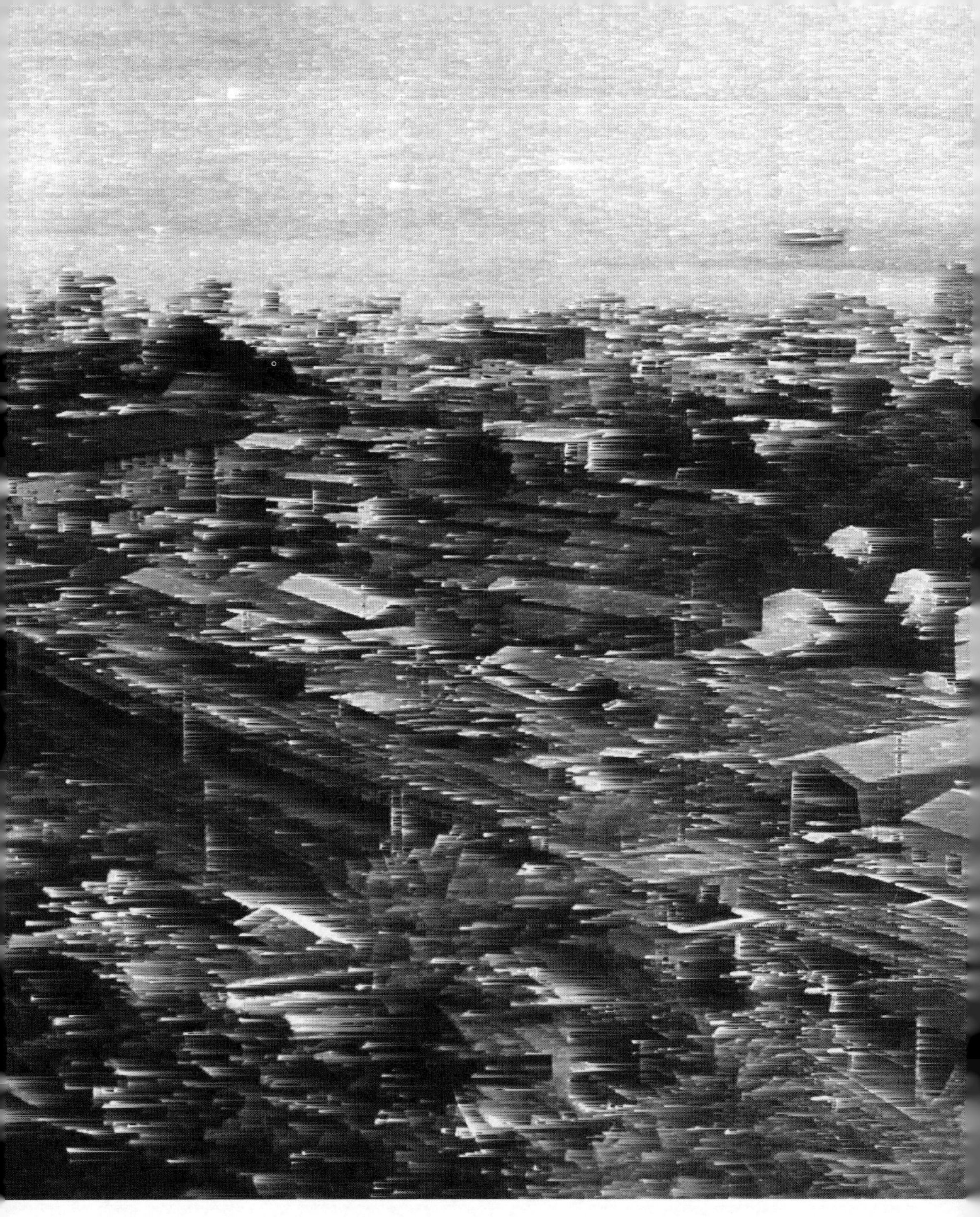

热海之夜

钟桂松 著

中原出版传媒集团
中原传媒股份公司

海燕出版社

图书在版编目（CIP）数据

热海之夜 / 钟桂松著. — 郑州：海燕出版社，2019.1
ISBN 978-7-5350-7693-9

Ⅰ.①热… Ⅱ.①钟… Ⅲ.①散文集－中国－当代 Ⅳ.①I267

中国版本图书馆CIP数据核字（2018）第204448号

出 版 人　黄天奇
责任编辑　刘学武
责任校对　张志生
责任发行　贾伍民
责任印制　邢宏洲
书籍设计　韩　青

出版发行：海燕出版社
（郑州市北林路16号　邮政编码450008）
发行热线：0371-65734522　65727231
经　　销：全国新华书店
印　　刷：河南瑞之光印刷股份有限公司
开　　本：16开(710毫米×1010毫米)
印　　张：10.5印张
字　　数：170千字
版　　次：2019年1月第1版
印　　次：2019年1月第1次印刷
定　　价：36.00元

本书如有印装质量问题，由承印厂负责调换。

CONTENTS
|目 录|

01
- 003　初见福井
- 005　宁静、有序
- 007　大阪海游馆
- 009　仙台有个大观音
- 011　青叶城址和伊达政宗
- 013　寻找鲁迅——访东北大学
- 015　松岛一瞥
- 017　龟井与蝴蝶
- 019　难忘MMT
- 022　匆匆过东京

02
- 027　热海之夜
- 031　小樽漫步
- 034　札幌雨夜
- 036　辉煌的旧青山别墅
- 040　重访仙台
- 042　冲绳走马
- 045　阿苏山风光

03
- 051　浮在沧海上的济州

054　光州观光
056　汉江灯火

04

061　桌山览胜
065　放眼好望角
070　太阳城感想
075　赞比西河看日落
081　走近莫西奥图尼亚瀑布
085　永远的金字塔
089　卢克索印象
093　亚历山大的海风
096　在撒哈拉沙漠边上
101　谒列宁墓
103　波罗的海的晚霞
110　莫斯科印象
118　寻访莫斯科中山大学旧址
121　秋天的节奏

05

133　印度印象
136　欧洲云，亚洲雨
139　伟大雅典
143　爱琴海三岛
147　伯罗奔尼撒半岛上的明珠

156　后记

01

初见福井

今年5月，我随浙江电视台访问团访问福井的情景，至今仍历历在目。当飞机降落在大阪机场时，放送社副社长仓内利胜先生携翻译早已等候在机场的出口处。仓内利胜是福井放送社一位德高望重的副社长，去年刚刚到浙江访问过，其间我曾陪他去杭州、苏州等地参观访问。此次老朋友相见，都分外高兴。从大阪出发，汽车沿着高速公路朝福井县驶去。初次到日本，一切新鲜。山脚边散落其间的日本农舍，似别墅似花园，水泥路及茂盛的绿树点缀其间，小轿车极幽静地停在农舍边上；村边的水田里，水灌得深浅适度，远远近近早已插上秧苗，一片嫩绿，微风吹过，秧苗微微摇摆，十分可爱。路边的青山，更是一片葱茏，山涧里淌着清泉。车过京都不久，我们在琵琶湖边上的小餐厅小憩，服务员小姐用日语满脸笑容地说着："欢迎光临欢迎光临。"把我们迎进靠窗口的桌子边，并立刻给每个人送来一杯冰水和毛巾……我们临窗远眺，湖那边，青山如黛，山峦起伏，与碧湖相映成趣。微风中，几艘帆船泊在湖中，琵琶湖显得更加宁静了。

下午，车到福井，斜阳给福井这个美丽的城市抹上一层彩霞。我们与福井放送社社长伊藤嘉治等友人在下榻处共叙友情。次日上午，我们拜访福井放送社。接着又在放送社友人中村先生的陪同下，拜访了福井县副知事和福井商会会长等知名人士。会见叙谈中，日本福井各界对浙江省流露出浓厚的兴趣，希望加强民间交流，感情十分真挚。

在一个阳光灿烂的下午，主人陪同我们驱车登上福井有名的足羽山，拜谒鲁迅先生与藤野严九郎的友谊见证物——"惜别碑"。山上，簇簇杜鹃花正怒放，鲜艳无比，各种颜色聚在一起，显得浓烈而又五彩缤纷。"惜别碑"上有藤野严九郎先生的像及许广平女士的题字。站在足羽山上，望着"惜别碑"和满

鲁迅与藤野严九郎"惜别碑"（福井）

山的杜鹃花，期待今人、后人用真诚来谱写鲁迅与藤野严九郎友谊的新篇章。

（1993年）

宁静、有序

仲春时节去日本访问，我印象最深的，莫过于日本发达的交通。但是，以快速著称的日本，无论是火车还是汽车，无论是飞机还是地铁，无论是农村还是东京这样的大都市，都显得宁静而有序。

日本的高速公路是名副其实的。我们从大阪到福井，三个小时的汽车路程，全在高速公路上奔驰，平均时速120千米，绝无阻塞。汽车一路奔波，行驶得极为有序，隔离墙极有规则地竖在高速公路中间。但是，日本的汽车也有开得慢的时候，我们访问团一行从福井足羽山拜谒鲁迅与藤野严九郎先生的友谊见证物——"惜别碑"下来，车子走得不快。忽然斜道里一位日本老人骑着自行车过来，见我们的汽车过来，忙下车，笑容可掬地示意我们过去。不料我们的司机也停了下来，将头探出车窗，很客气地示意那位骑自行车的老人先走，"您过去""您先走"，司机和行人相互关照谦让，让我们感动。

至于日本街上的红灯绿灯，无论是行人还是司机，绝对是遵守的。没有擅自闯红灯的情况。因此，日本那么多汽车，整个车流运行起来，绝对是有序的、畅通的。

在大阪时，我们去新干线车站乘高速火车赴东京。去车站前，我们习惯性地想象着，像新大阪车站这样世界上有名的大车站，肯定是人声鼎沸、闹哄哄的，岂料，一到新大阪车站，大大出乎意料，不仅整个车站宽大、簇新、干净，而且空荡荡的，没有多少人在候车。人到车站，就可以去买车票，买车票也是随到随买。买了车票，通过自动检票口，就马上可以上车。这是何等便捷。到东京时，我又特地观察了东京的车站，也是同样的情况，没有喧闹，没有人在车站打盹儿或排队买票。整个交通状况都显得宁静、有序。

日本的交通，说起来还真的很有秩序。我们从大阪坐汽车到福井县，从福井到京都,到大阪,在东京市内观光,坐了那么多天的汽车,公路上、街道上却极少看到交通警察,也没有听到一次汽车喇叭声。远远看去,汽车像鱼在水里游一样,很宁静地在高速公路上疾驰。东京闹市区内、郊区,都听不到喇叭的噪声。在东京的宴席上,日本同行问我们对日本的印象,我们说,日本那么发达的汽车业,那么多汽车在奔驰,却没有一个喇叭声,真让人佩服。日本同行一听,笑了,说:"如果东京那么多的汽车喇叭都响起来,那不得了啦!"发达有序而又宁静的日本交通业,是如何做到的?恐怕值得我们中国在发展交通事业中学习思考。

(1993年)

大阪海游馆

到日本访问之前，就知道日本是个非常重视教育的国家。他们办教育，重视师资队伍建设，普及高中教育，等等，都是国人皆知的。我们在福井同行召开的一个小型座谈会上，就看到小学校长和各界名流共叙讨论的场面，让人感慨不已。此外，日本教育界还非常重视现代科技教育，后来我们在大阪海游馆参观时的所见所闻，就是明证。

大阪海游馆位于大阪天保山港村。据日本朋友讲，这个海游馆是世界最大的水族馆之一。它主要展示环太平洋火山带的自然生态和生物。海游馆设计者把它设计成游览"火焰之环"（即环太平洋火山带）的海和沿岸行进参观的形式，向人们展示各种各样见所未见、闻所未闻的海洋水族。据介绍，海游馆共有哺乳类、两栖类、爬行类、鸟类等达380多种、35000件展品。

海游馆内重现了日本的森林和厄瓜多尔的热带雨林。我们在日本友人大桥先生的陪伴下，进入这座海洋科学博物馆。从"日本森林"出发，沿"太平洋"顺时针行走，从阳光照射的"海"面进入"海"中，潜入"海"底，看到了海洋的神秘世界。在这个神秘而广袤的海洋世界里，我们可以看到阿留申群岛的海獭，可以看到南极大陆的剑翅企鹅、飞岩企鹅、大王企鹅等，可以看到库克海峡的蓝海龟、红海龟、桃红马猫等，还可以看到日本海沟的高脚蟹、鹭笛等。进去看一遍高科技的展示，比读一年的自然课收获还多！

观赏中，我感叹海游馆的科技水平、精巧设计和展物的丰富新奇。但让我更感慨的是日本人的聪明和远见。我们去参观那天，是我们在日本访问期间感到人最多的时候，大部分人是叽叽喳喳的中小学生。那天，蒙蒙细雨飘洒在大阪港口，在熙熙攘攘的人群中，我忽然发现了上一天在福井放送社一起参加座谈的小学校长，他也带领学生来参观海游馆了。中小学生那充满惊喜惊奇的天真目光，让人十分感慨。我们中国那么多的专业博物馆以及各种纪念馆，应该让中小学生多去看看，让孩子们从中接受更多的优秀传统文化和现代科技知识。

（1993年）

仙台有个大观音

初到仙台，印象之深，莫过于仙台大观音。

到仙台那天，已是晚上，繁星般的街景，炽亮的街灯以及五光十色的霓虹灯，把整个仙台夜景装扮得繁华而又宁静。一到下榻的旅店，宫城电视放送株式会社的社长高桥久仁已经率常务取缔役、取缔役和局长们在那里等候我们，卸下行李，我们就参加宫城电视放送社为我们举行的简朴而又热烈的欢迎晚宴，新老朋友相叙，不知不觉，时已晚矣。

第二天清晨，北京时间4时许，在仙台，太阳就从东方太平洋里爬上来了，红彤彤的。打开窗，一股寒意进来，觉得十分清醒，放眼望去，清澈明净的蓝天蓝得有点令人妒忌。远处几朵白云在徐徐飘移，外面的风似乎很大。远处，能见度很高，青山以及山上的民居清清楚楚。忽然，我发现白云下面青山一侧，耸立着一尊巨大的佛像，在高楼大厦并不多的仙台，显得有点鹤立鸡群、气势不凡。我问翻译，翻译告诉说，那是一尊观音菩萨。

我一直记着这尊令人过目难忘的仙台大观音。

后来，去市区观光，陪同的日本朋友问我，除了计划安排之外，想看些什么，我不假思索地说："看看大观音吧。"于是，我们驱车去那里，一到大观音佛像下面，抬头望真是好气派！在山坡边上，有专门为观光大观音佛像而建造的建筑，可以让游客休息。陪同的朋友告诉说，这尊大观音是前几年为仙台市建市110周年而塑造的，观音有110米之高。我们仰面看去，观音慈祥端庄，面对人间，右手握着一颗闪闪发光的宝珠，这颗宝珠直径有3米，左手拿着倒置宝瓶，宝瓶直径2米，高达8米，恩泽人间。我们在外面仰视照相，留下这尊难忘的观音菩萨佛像。随后，我们到这尊大佛像内观光，发现里面真大！不仅有盘旋而上的扶梯，还有直达顶部的电梯，里面香烛声光一应齐全，四大金刚、罗汉等塑像，栩栩如生，一派佛的祥和气象。我们乘电梯上去，在小小的窗口，远眺仙台，山岚、海湾、松林，风光十分迷人。近处是一个很"自然"的高尔夫球场，旁边一个很高档的宾馆，陪同的日本朋友告诉说，这尊观音像和高尔夫球场及宾馆，都是一个大老板投资兴建的。据资料介绍，大观音像建成后，每年都有一些祭祀活动，如一月份最后一个星期天和二月份第一个星期天，是"节分会"。之后又有"丰作祈愿祭""一日体验修行"等活动。

从仙台观音大佛景区出来，时近中午，巨大的白色的观音菩萨像在明晃晃的阳光里，十分耀眼，刺得人连眼睛都睁不开。因为仙台空气中少有浮尘污染，空气十分清新，因而通体透白的仙台大观音，仿佛是刚刚落成那样鲜艳、美丽慈祥。

我深深为仙台这尊大观音佛像祝福。

（1995年）

青叶城址和伊达政宗

去仙台青叶城址寻古那一天，天气非常好，能见度很高，阳光杲杲的，天空湛蓝湛蓝。"仙台好美呀！"站在青叶城址的高地上，同事们都感慨不已。

我们来到位于仙台青叶山的青叶城时，时间还早，但游人不少。大概这个地方是仙台既能登高又能寻古的地方的缘故吧。整个青叶古城在一个山坡上，边上是悬崖，十分险要。经过数百年的风吹雨打和保护维修，现在整个城址都掩映在翠绿松柏之中，几只乌鸦在松树上飞来飞去，几声鸣叫，打破这宁静。我们在青山城址边上远眺，仙台市内日本民族特有的建筑和现代化城市的高楼以及高速公路，构成一幅东洋都市风景画！汽车都在悄无声息地飞驰，没有喧嚣的喇叭声，一切显得静谧和有序。

翻译告诉我们，青叶城是 390 年前伊达政宗修筑的都城，现在山下面的仙台市区，当时还是海边滩涂呢。伊达政宗是当时日本东北地区一个有名的民族英雄，他在仙台，在宫城，有很高的名望，骁勇善战，深受百姓爱戴。后来，仙台人民为伊达政宗塑了一尊骑在战马上的铜像，并安放在青叶城址。我们顺着翻译手指的方向看去，一尊将军跨战马的铜像，就竖立在我们身边，威风凛凛。但仔细看去，发现伊达政宗铜像一只眼睛瞎了，一问，才知道伊达政宗真是个独眼将军。

在青叶城址，参天的古松和神社以及大屋顶古建筑，透出一股浓浓的历史感，城址石头上的青苔，显示了历史的延续和发展。我们走进青叶城历史展示馆观看仙台历史，尤其伊达政宗家族的历史。在展厅入口处，我们立刻被一首五言诗所吸引：

马上少年过，

世平白发多。
残躯天所赦，
不乐是如何。

  这是伊达政宗晚年写的一首诗，他回首往事，有过艰辛，有过辉煌，感叹人生，感叹世事。从青叶城下来，广濑川的浅流依然淙淙作响，川内青草萋萋。面对这有生机、有历史的青叶城址和广濑川，我感慨万端，假如这城址、这广濑川能说话，那它们肯定会向每个游人诉说历史沧桑和历史故事——伊达政宗那富有传奇色彩的故事。
  仙台的历史并不长，但它保存的历史的东西却不少，我们离开青叶城址后，驱车去仙台博物馆，在那里，也得到证实。

（1995年）

寻找鲁迅——访东北大学

最早知道仙台这个地方，还是读了鲁迅的《藤野先生》散文之后，知道鲁迅在仙台医学专门学校读过书，老师藤野先生十分严格而又和蔼地在鲁迅那本课堂笔记上修改，成为中国现代文学史上最富有人情味的一个插曲。因此，仙台的印象早就深深地印在脑海里。

这次去仙台访问日程中，早就有参观鲁迅的母校——东北大学的计划，按照计划，在日本朋友的陪同下，在一个阳光灿烂的下午，访问团踏进令人神往的东北大学。东北大学国际交流课的先生在简朴的接待室向我们介绍了东北大学的历史和概貌，让人十分感兴趣。日本东北大学创建于1907年，当时叫东北帝国大学，是由当时仙台的理科大学、札幌的札幌农学校等合并而成。1913年学校开了女禁，允许女子入东北大学读书，可谓开了仙台男女同校的风气之先。经过80多年不断发展，在学部方面，就有农学部、工学部、药学部、齿学部、医学部、理学部、经济学部、法学部、教育学部、文学部，等等，而且讲座门类十分精专，就文学部的哲学科，就有现代哲学、西洋哲学史第一、西洋哲学史第二、伦理学、美学、美术史、宗教学、宗教史、印度哲学、印度佛教史、中国哲学等专门讲座。而像教育心理学科方面，则有人格·学习心理学、儿童·青年心理学、临床心理学、听觉言语障害学、视觉障害学、知识障害学等讲座。这些讲座，说明东北大学的社会科学方面的实力和水平。但是，目前东北大学的世界科技尖端性不在文科而在理科，尤其是通信技术占据着国际先进的科研水平。据东北大学国际交流课的先生介绍，全校有教职员工2645人，其中教授761人、副教授727人、讲师119人、助手1037人，工学部教授有130人。可见实力之雄厚。有本科学生1173人、研究生2715人、博士生1725人，其中中国大陆去的博士后有125名。说到东北大学的教育经费，真令我们吓一跳，东北大学每年开支达864.24亿日元，相当于人民币好几十个亿！因此，对这么大的一个大学，我们只能择其要者寻觅——寻找鲁迅先生当年的踪迹。

东北大学对鲁迅后来的伟大贡献十分景仰，凡是中国去访问的人都要去寻访鲁迅在东北大学的踪迹。东北大学校园的一块绿化地上，郁郁苍松之间，分别塑着一些对东北大学有贡献的人物，其中就有中国鲁迅先生的铜像。铜像的面容，是大家熟悉的，脸庞和神态让人感到亲切。我们分别在鲁迅铜像旁边摄影留念。望着这尊饱经日本风霜雨雪的铜像，我想，假如鲁迅会说话，他准会操着绍兴官话，向我们讲解当年弃医从文的原因种种。随后，我们去东北大学校史纪念馆参观，我们在热情、有礼的管理员的引导下，径直到陈列鲁迅当年史迹的展柜前，他用日语向我们介绍展柜里的每一幅照片、每一件实物，让我们看到了鲁迅志不在医的成绩，让我们重睹了鲁迅当年的作业本及上面藤野严九郎批改的笔迹。那本发黄的课堂笔记中，鲁迅与藤野的师生之情浓郁地散发着，弥漫在这高大、整洁、宽敞的东北大学校史纪念馆里，确切地说，弥漫在中日两国爱好和平的人们心中。

在鲁迅当年听课的阶梯教室里，我们寻觅到前三排当年鲁迅坐过的位子，教室的黑板上，写满了每个到这里参观的人的名字和感想。教室的简陋及那种历史感，显得人在历史面前是何等的渺小和无奈。鲁迅的伟大，是鲁迅精神和人格的伟大，也许当年鲁迅自己绝没有想到后人会保存他坐过的位子。他的同学也绝没有想到这位成绩平平、个子不高的同学周树人，后来会这么受人景仰。历史真让人难以预料。我们在这破旧的阶梯教室里，发如斯感叹。

太阳的余晖抹在东北大学青翠的松树上，淡黄色的，格外让人有一种历史的寂寞感。

校园外，鲁迅当年住过的房子还保存着，很完整。可惜太阳下山早，从校园转出来时，暮色渐浓，我们没有停车，只能匆匆看一眼，车子又奔驰在现代化色彩很浓的市区马路上。

（1995年）

松岛一瞥

到仙台，不能不去松岛。

那天，阳光灿烂，凉风阵阵，我们坐车去松岛，约摸过了半小时，汽车在盐釜港码头停了下来，我们要在这里上一条定时去松岛的游船。游船从码头出发，出盐釜湾，沿松岛湾，绕到松岛。船上游客不多，有100多人，我们订的中舱，很宽敞。船一出港，立刻被一群漂亮的海鸥所包围，船上的游客向海鸥抛食物，聪明机灵的海鸥勇敢地往游客手里啄食品。我们任海风吹拂，尽情地欣赏这蔚蓝色的大海，尽情地观览这海中的岛山及岛上那矮矮壮壮郁郁葱葱的松树，尽情地与海鸥嬉戏。游船在这个太平洋的小湾里行驶着，个把小时的海上游览之后，游船慢慢地在松岛观光栈桥停靠。

一上岸，我发现岛上汽车来往非常繁忙，一打听，原来松岛是一个半岛。据介绍，松岛露出海面的小岛屿有260多座，被日本人民封为日本三大景点之一。岛上海风阵阵，松涛翻腾，古柏老松遍植海边山坡，所以整个松岛显得更加古朴幽静。陪同的日本朋友首先带我们去参观瑞岩寺。瑞岩寺是仙台松岛的名寺。该寺是828年由慈觉大师开山，后来由仙台藩主伊达政宗在1604年开始建造，1609年正式落成。瑞岩寺的本鉴、库里、御成玄关、回廊等，都是日本桃山文化的代表建筑物，在瑞岩寺，参天古木和日本风格的建筑，相映成趣。在寺内，我们看到当年天皇居住过的地方，也看到本鉴的壁画、袄绘、孔雀间的栏间雕刻，这些辉煌的日本古代文化艺术，显示了日本人民的智慧。

从瑞岩寺出来，时近中午。我们又去五大堂参观。以松岛湾和红色的"太封桥"连接而成的小岛中所设置的五大堂，是一个亭式建筑，因建筑在一块大石般的小岛上，因而格外引人注目。相传，最初坂上田村麻吕在此设立昆沙门堂为起源，后来，慈觉大师在这里安置了五大明王像，故名五大堂。目前，它已被日本指定为重要文化财产。我们在五大堂正门前驻足，寻觅五大堂往昔的风采，我们敲响了五大堂门前的钟，祈祷和平和幸福。岛依旧，绿树碧水，斗转星移，站在五大堂这个弹丸般大小的岛上，顿觉心旷神怡，往昔风流尽逝，今日世界祈祷和平的人，必将得到真正的幸福。

在松岛，观光一天还嫌时间短，何况我们只匆匆半天，只能算到过松岛而已。松岛还有许多地方如福浦岛、双观山、雄岛等等，也挺漂亮。中午的阳光似乎很有力量，我们上了汽车，去松岛海边上一个很有田园风味的餐馆吃了中饭，盘腿坐在小房间里，阳光从松树缝里斑斑点点地泻进来，给这一次日本风味的午餐平添了许多温馨。喝了一点啤酒，大家的脸都红红的，临上车，我兴致很高地爬上小山坡，说还要再看看松岛湾，看看这碧蓝的世界。据说，松岛最风光的时候，是每年放焰火的时候，焰火在岛上放，五彩缤纷，在大海上空流光溢彩，美极了。可惜我们只能走马观花，也不能全看尽，仅仅是一瞥而已。

（1995年）

龟井与蝴蝶

日本宫城电视放送株式会社的会长龟井文藏，是日本宫城电视放送社一位德高望重的先生。前年，他还在任社长时，曾来浙江杭州访问过，我们在杭州著名的餐馆——楼外楼，接待过他；他还与浙江电视台签订了友好合作意向书。一位70多岁的老人，依然那样兢兢业业地关心着中日两国人民的友谊和合作，让人敬佩。大概是去年吧，他从社长繁重的事务中解脱出来，担任了会长。有点退居二线的味道。其实，龟井先生有许多产业，有工厂、有公司、有商店、有传媒。应该说，在仙台他是个很有钱的人物，那天我们去电视台访问，龟井先生在会客室和我们会见，我发现龟井先生不见老，魁梧的身材，在慈眉善目慢悠悠的外表下面，蕴藏着丰富的活力。他希望大家把已经建立起来的友谊发展下去，把事情做好。我们也感谢他为两台社友谊所作出的开创性贡献。在一片友好的气氛中，龟井那和蔼慈祥的神态，深深地印在我们的脑海里。事后，几个初次见到龟井文藏先生的同仁连连说："福相，福相。"

然而，更令人惊讶的，不是龟井先生那巨大的财产，而是龟井先生用毕生精力搜集的全世界的蝴蝶！宫城电视放送株式会社的朋友陪同我们去市内一个大楼参观龟井先生的蝴蝶展。当我们进入宽敞典雅的展厅，立刻置身于蝴蝶的世界里，一盒盒制作好的蝴蝶标本，每只蝴蝶都栩栩如生，各种形状的，大小不等，有世界上最大的蝴蝶，也有世界上最小的蝴蝶，有各种各样颜色的，使整个展厅变得五彩缤纷。据说，现在地球上大约有15000种蝴蝶生息，日本有240种到250种。展厅的讲解员让我们猜龟井先生的蝴蝶有多少，结果谁都没有猜准，讲解员向我们介绍说，这个展厅展出的蝴蝶有14000只，龟井先生已收藏了十多万只世界各地的蝴蝶，这里展出的仅仅是一小部分。接着,讲解员如数家珍地向我们介绍他从世界各地收集来的蝴蝶的习性、特点以及那些蝴蝶故事。听着听着,我们仿佛进入了蝴蝶那美丽的世界,分享它们的喜怒哀乐、蝶情蝶趣。讲解员显然对龟井先生收集的蝴蝶已经很有研究。在一个名叫《宇宙的赞歌》大型图案前,五彩缤纷的上千只蝴蝶组织起来,十分辉煌和美丽,给人以无限遐想,它把蝴蝶世界那美轮美奂的艺术境界发挥到极致,令人不忍离去。

站在龟井先生的蝴蝶展前,读着龟井先生写在"简介"上的文字,顿觉龟井先生的形象更加高大起来。他说,他在中学时代就开始收集蝴蝶,半个多世纪的追求,一直没有停止。他钟情于收集蝴蝶,目的是呼吁人们保护大自然,让自然生态保持一种平衡。龟井先生的爱好旨趣非常崇高,这反映在参观展览的门票上:中学生以下少年儿童,进馆参观龟井先生的蝴蝶展是免费的,这也符合龟井先生收集蝴蝶的初心。

龟井先生的弟弟龟井昭任先生,在龟井先生的蝴蝶展边上也办了个个人收藏邮票展,而且全是蝴蝶邮票。龟井昆仲俩的业余爱好相映成趣,同时也给人许多启迪:人是要有精神的。我如斯想。

(1995年)

难忘MMT

金秋时节，我应邀到日本宫城电视放送株式会社（MMT）访问，留下了非常美好的印象。回国虽然已经有许多天，宫城电视放送株式会社朋友们的热情、好客、周到，仍萦绕于脑际，难忘MMT。

仙台是宫城县的所在地，是日本东北地区的一个城市。清晨，鲜嫩的水灵灵的太阳从海边升起，打开窗户，湛蓝的天空挂着几朵白云，清新的空气伴着温柔的阳光，一起洒进房间，又是一个清新、充满希望的早晨。宫城电视放送社的朋友也早早起来，"早上好"的招呼声，让人感到友情的温暖。

也许是共同的工作性质的缘故，当我们第一次跨进MMT大门的时候，在热情的掌声和美丽的鲜花中，一见到那些朋友，陌生感顷刻散去，一种亲切感油然而生。整整一个星期，宫城电视放送社各个部门的同仁轮流和我们交流介绍，使我们对宫城电视放送社兴旺发达的事业、高效率的运作机制以及公司员工的敬业精神有了进一步了解，让我们敬佩，让我们感动。我们也亲身体会到，宫城电视放送社朋友向我们介绍情况时，总是把一沓整整齐齐的辅助书面材料送给我们，让我们了解得更全面、更周到。

中午时分，太阳当空照着，天空依然湛蓝，软软的秋风徐徐吹来，给人一种凉爽的快感。宫城电视放送社的朋友陪我们去食堂用餐，在窗明几净的食堂里，员工们都很有秩序，没有大声喧哗，又不拥挤。我们问陪同的朋友："食堂用餐人不多，是不是都回家吃饭？""不是的，因为食堂小，大家都主动错开就餐时间，这样也就不拥挤了。"宫城电视放送社的朋友告诉说。

吃完饭，我们上MMT大楼屋顶拍照，我们拍了这美好的天、美丽的云，拍下了宫城电视放送社美丽的外景，也留下了宫城电视放送社人的热情和友谊。

在仙台那几个日日夜夜，和宫城电视放送社的朋友朝夕相处，感觉时间

日本宫城电视放送株式会社的演播室

过得也像车流那样快，欢迎会刚开过，又到开欢送会的时候了。在依依惜别的欢送会上，宫城电视放送社的朋友们讲了许多令人感动的话，席间，日本朋友也要求我们青年代表团成员每人讲一句话。大家都讲了一句心里话，我也讲了。我说，这次到宫城电视放送社访问，讲感想，讲一个字，这个字就是"缘"字，我们这次访问，得天缘地缘人缘。天缘，就是在仙台期间，天气特别好，秋高气爽，无论观光还是考察访问，特别宜人；地缘，就是中日两国是相距很近的邻邦，一衣带水，而且宫城、仙台等地名因鲁迅的缘故早为中国人民所熟悉；人缘，就是宫城电视放送社朋友的深厚情谊，初次见面的朋友，大家一见如故，和熟悉的朋友见面，倍感亲切。总之，一个"缘"字，囊括了此地此时的心情和感想，也表明了我们的交往非常真诚，非常自然。我们将这些珍贵的友情珍藏在心中，带回中国，带回浙江，让我们两台社的友谊之

从日本宫城电视放送株式会社大楼上看仙台

花,在充满生机的未来,开得更加鲜艳。

我们在MMT的时间不长,但记忆永远难忘。

(1995年)

匆匆过东京

东京人多，但不拥挤；人多到什么程度？多到地上地下都有人，地下几层交叉立体的地铁，恐怕是当今世界上现代到家了。地铁站像一个大商场，可以坐电梯下地铁，又有多层出口，稍不注意，就像进入迷宫一般，数股人潮，在东京地下涌动；而东京马路上，人也多，虽没有摩肩接踵，却也是熙熙攘攘、匆匆忙忙，比日本仙台等城市拥挤多了。所以，我们站在东京的街上，开玩笑说：如果东京没有地铁，其拥挤程度，恐怕连上海南京路也要瞠乎其后，甘拜下风了。

但是，东京不少地方还是挺幽静的，在上野公园，人不多，樱花叶飘飘洒洒地落在地上，给人一种秋之将至的无奈。公园的一角，一群日本老头儿、老太太正在自娱自乐，有点像东北的马路秧歌，歌词听不懂，但看样子十分投入，他们在珍惜生活、创造生活，争取分分秒秒的时间，让生活质量更好一些。东京的上野公园是个很古老、知名度很高的公园，尤其是上野公园的樱花，赏上野樱花，是东京百姓、文人雅士的一件盛事。可惜现在不是赏樱花的季节。上野公园的另一角，是一个湖，湖上有几对情侣在划船，悠悠的。湖里的野鸭在水里扑棱棱地飞起来，停在路边，在游人的身边摇摇晃晃地走着，一副目中无人的样子，十分可爱。

浅草寺是日本东京一个有名的地方。听名称就很有诗意，地方不大，店里卖的都是一些有日本特色的小商品，如木头娃娃及挂饰、配饰等小工艺玩意儿，挺有趣。我们从雷门进去，一边看一边走，用了大半个钟头，一直走到观音堂，而旁边的浅草公园、五重塔等，都来不及细看，只能匆匆去隅田川游览。我们从浅草附近的吾妻桥码头下船，沿隅田川朝东京湾驶去，岸上的高楼大厦和高速公路所形成的风景线，从河里看去，倒也十分别致，尤其是隅

从东京电视塔上看东京

田川那碧绿的水，更是令人羡慕和赞叹不已！个把小时游览后，我们上岸直奔东京电视塔，登高观览。东京电视发射塔塔高333米，分别在150米和250米高处设置两个观光台，登上电视发射塔，整个东京一览无余。如果天气好，在塔上可以看到富士山，可以看到羽田机场，位于东京市中心的皇居则更清晰可见。

东京时间下午4时许，太阳似乎快下山了，我们来到皇居外苑观光，一大片矮矮的、风骨正健的青松，沐浴在晚霞余晖里，和青草地相伴；偌大的皇居外游人稀少，远处的车水马龙与皇居的静谧安宁，形成了鲜明的对照，我们转了一圈后，从樱田门出来。此时，暮霭已经降临，东京已浸淫在灯火辉煌的世界里。

（1995年）

02

热海之夜

热海是个人口只有4万余人的地方，但却是日本有名的观光旅游胜地，依山傍海，风光旖旎，而且日本许多小说都提到热海，因而更让人向往。

那天上午，我们在福井放送社举行工作会谈后，立即去拜访福井知事栗田幸雄先生，半个小时的会见后，又马不停蹄地去拜会福井工商会所会头市桥保先生，一个上午匆匆忙忙的"表敬"活动，在福井放送社朋友们的精心安排下，有条不紊地进行着。下午1时50分，我们在坪田先生的陪同下，登上开往热海的高速火车。

热海依山面海的建筑

热海湾远眺

　　日本新干线的火车速度都很快，而且都很准点，凡车票标的是某时某分，那肯定会准时的，车票标明是几号站台几号车厢，也是十分准确到位，你只要站在站台的号位上，火车的车门会非常准确地停在你面前，举步即可上车。不像国内车站，提着大包小包，为寻找车厢车门而来回奔跑。

　　一路上，火车朝热海方向驶去，静冈等县一会儿一个在车边闪过。在过富士山时，神秘的富士山羞涩地露一下脸便又隐入云中。也正因为这样，远远望去，这座象征日本国的名山像在天国，让人神往，更让人崇拜。

　　傍晚时分，我们到达热海，正如其名，热海果然有些湿热，走进宾馆立刻被一丝凉意所包围。打开窗户，附近山坡上灯火阑珊，仿佛镶嵌在山上的宝石一般，一排一排的，格外吸引人。据说热海是一个温泉之乡，一般旅店都有温泉可供客人沐浴，山坡上、街道边，到处都可以看到温泉在冒热气，因而使热海成为日本有名的风景旅游城市。到处是温泉的景象，后来为我们漫步街头所证实。热海街上行人稀少，红绿灯处偶尔驶过几辆汽车，留下一种现代气息。入夜灯火阑珊，海风软软地吹来，驱散热海之夜的湿热，给人一

依山面海的宾馆

种舒适、温馨的感觉。我们走在街上，看见街头一个个小温泉在呲呲地喷着热气，边上是一泓热水，在主人的精心呵护下，让人感觉到热海人对温泉的感情。但也许是温泉在这里太多的缘故，走在街上，下水道铁盖下的水声可闻，而一阵一阵带着硫黄气的热气味也从镂空的铁盖中冒出来，让人感到真是一个温泉世界！

我们下榻的旅店距海边不远，穿过几条马路，就到了海边，晚上一片漆黑的大海，将岸边繁华的街景映衬得更加迷人。海浪的拍岸声随着阵阵海风送进耳膜，很有节奏感。此时的海边游人也稀少，我们一行静静地在海边公园徜徉，一边是灯火辉煌，一边是漆黑的大海——热海湾。陪同的友人指着漆黑的大海说："那边就是伊豆岛。"原来伊豆岛就在这附近！伊豆岛对中国人来讲并不陌生，因一部小说《伊豆的舞女》让多少人神往，作者川端康成在1968年荣获诺贝尔文学奖。小说里所描绘的温泉等风土人情，就是热海这一带。因而大家说笑着，沿着海边走去，边走边从伊豆舞女说到热海这一带其他故事，说自从川端康成荣获世界大奖之后，不少作家都愿意来热海海边寻

古代的箱根关所

找灵感，灵感没有找到，却留下了不少爱情故事。日本友人还给我们说了一个男女忠贞不渝的爱情故事，让大家笑个不停。看来，好山好水好风光的地方容易出爱情故事，一方水土养一方人这句话真不假。

海风是柔和的，灯光把海边照得影影绰绰，望着这漆黑的海，望着这依山傍水的热海城、由低到高的万家灯火，我们依依不舍地离开海边往旅店走。旅店的温泉浴也同样充满诱惑。热海之夜，让人流连忘返，近在咫尺的伊豆岛更是给人留下无限的想象空间，任人浮想联翩。

第二天，我们在热海海边游览，看到了赤潮，登上半山腰的热海古城堡，尽管满目是青青的山、碧绿的海、软软的风、秀丽的风景，但热海的夜却更让人留恋。——而日本人更喜欢用"梦里的热海城"来表达自己对热海的喜欢。

（2000年）

小樽漫步

我手头有一帧明信片，上面有一幅小樽运河的照片。在雪景里，一条运河，边上有几间大仓储，一座小桥，上面白雪皑皑，一派北国风光，十分宁静，也十分清净，我非常喜欢明信片上的这张照片。

这一张令人怦然心动的照片和这个令人神往的北海道渔乡小镇小樽连在一起，是不久以前的事。小樽，过去是北海道海边的一个小镇，也是北海道与外界海运联系的一个重镇。当年，海运的大量生活生产物资源源不断地从外面运来，又将小樽的大量海产品运往全国各地。为此，小樽民众特地开掘了几千米长的人工运河，直通小樽海湾，并在运河边造起大片库房。从此，小樽也日渐繁荣起来。现在这条恐怕世界上最短的运河和边上仓库，已经成为日本指定文化遗产，也成为北海道小樽市游览访古的必到之地。今天，我们站在小樽市运河边，徜徉在河边小道，望着这条宽仅数丈的运河，想象着当年的繁华、人声鼎沸的场面，想象当年空气里弥漫着鱼腥味的情景，令人感叹原始积累的辛苦。

小樽运河是小樽的骄傲，而小樽的历史也让小樽有点沾沾自喜。我们在运河边徜徉时，5月的北风，依然让人有点冷得发抖，望着远处小樽湾上的很低的云，仿佛是冬季。心想，毕竟是北海道。于是，大家都嚷着太冷了，太冷了，一边嚷一边往小樽运河边的小樽市博物馆里钻。在小樽市博物馆，我们又看到了在现实中看不到的东西，由于小樽是个港口，因而当年的繁华，当年与世界各国的交流，都是得风气之先的。在博物馆内，我看到一台9.5毫米的小型电影放映机，从短片中知道小樽并不小，而且还很新呢。在温暖的博物馆内，我们游览小樽的历史，从远古到近代，有模型，有图片，也有出土及收集起来的实物，让人感觉小樽并不简单。博物馆边上还有不少工艺馆，里

小樽清静的街景

小樽运河

面还有从事制作的工厂，这些工艺馆大多从事玻璃工艺品的制作，各种形状、各种颜色的玻璃工艺品及水晶工艺品更让人爱不释手。但大家只是欣赏，因为这样的旅游商品，大凡著名景区都有。

这时，陪同的日本朋友问："是否该吃中饭了？"大家才想起已是中午了，肚子也跟着咕咕叫了。于是上车去小樽市内叫寿司一条街的地方吃午饭。街上人不多，因为5月份的北海道不是旅游旺季，很有特色的店里客人也不多，我们一进门，店主很客气，让我们上二楼的大房间就座，说这样可以看到这条寿司街的街景，并立刻送上一杯凉水，让我们解渴。也许是这家店有特色，也许是我们此时确实肚子饿了，觉得中午这一餐特别有滋味。下了楼梯，在店主人一连串的再见声中，走出店门，忽然发现天放晴了，只是这云里透出来的阳光似乎还没有什么力量。

汽车在门口等着，我们赶快上车，下午还有不少地方要去看呢。

（2000年）

小樽运河边的仓储　　　　　　　北海道的小樽市博物馆

札幌雨夜

　　札幌是日本北海道的首府，也是北海道最大的一个城市。从资料介绍中，我们知道了一些有关北海道的风光特点，也从资料图片上看到蓝天白云，大片草原，大片樱花，大片森林，使人产生急于一睹北海道风光的激情，急于一睹北海道迥然不同的风光！然而，当我们从札幌千岁机场出来时，却遇到了一场不大不小的春雨，淅淅沥沥地将整个札幌罩个严严实实。雨水顺着车窗淌下来，刮水器不停地来回摆动，公路两边满眼是湿漉漉的矮树，忽然，一片樱花出现在雨中，虽然绚烂已过去，但仍开得有滋有味，确实让人生出一番惊喜。因为日本的樱花季节早已过去，本来想看看这日本国国花的念头，随着访日时间的推迟也淡去了。樱花旺季早已过去，我们在日本其他地方访问时，樱花早已被茂盛的绿叶所代替，想不到在北海道还能见到樱花！陪同的日本友人告诉说，日本的樱花随着天气的转暖，由南而北地开放，而北海道是最后一站，5月中旬还能见到樱花。

　　我们下榻的阿朵宾馆边上有一条叫丰平川的河，因为这场春雨，它变得水流湍急，一副汹涌的样子。我从宾馆窗口往远看去，淡淡的雨云布满了天空，心想这北海道春雨，恐怕一时还停不了。

　　房间的门铃很优雅地响了几下，日本友人来让我们下去，去外面吃饭。我犹豫地望了一下窗外这雨，细心的日本朋友立刻说："巴士已经等在下面了。"

　　雨还在下，我们钻进汽车，驶进札幌市内。在车上，我发现札幌市内规划得非常有序，红绿灯也规划得非常好，一遇红灯，一条笔直的马路上，一路红灯；一遇绿灯，又是一路绿灯，十分畅通。虽然下雨天，但也少遇堵车。没过多长时间，汽车拐进一个啤酒厂，日本朋友告诉说："今天晚上到札幌这个有名的啤酒厂喝啤酒。这是北海道的一个特色。"我笑了笑，点点头。日本朋友知道我不会喝酒而要让我来这里，肯定是有特色的地方。车子停下来后，我才发现，这里竟停了不少车子，人们都是冒雨来这里喝啤酒的。灯火在雨中更显得朦胧，我看到一份广告资料，才知道这里不光有啤酒厂，也有啤酒园，有专门供顾客开怀畅饮的大餐厅。整个厂区古色古香，里面有红砖墙上爬满青藤的酿酒车间，也有花木扶疏的庭院，虽然在夜雨中有些朦胧，但仍可看出其风韵。

没有服务小姐引路，我们一行穿过一个庭院，小走几步，进了一个热闹非凡的能容纳几百人的大餐厅，里面一排一排的餐桌，有点像肯德基餐厅的餐桌排列，也有点像大食堂。我们一行刚坐下，立刻有人送来相关的餐具——刀叉和围巾，不多久，一道又一道需自己动手的佳肴上来，自己动手煮或烤，配上作料，香味诱得大家兴致很高。这时，一扎一扎的札幌鲜啤酒放在每个人的面前，尽可以开怀畅饮。在谈笑中，会喝的，不会喝的，都喝了不少，日本朋友怕我喝醉，在站起来离席时问我："怎么样？"我说："没事。"

走出餐厅，天还在下雨，只是比来时小多了。夜雨落在灯光里，线条分明。望着啤酒园这夜色，望着北海道札幌这雨，我想，要是在下雪该多好！如果走出餐厅，或纷纷扬扬飘着鹅毛大雪，或雪已经停了，在灯光里，在月光里，白雪皑皑，那北海道该多美。回到宾馆，回味这札幌的雨夜，我久久不能入睡。

（2000年）

辉煌的旧青山别墅

在北海道小樽市郊海边，有一座名为旧青山别墅的建筑，是北海道屈指可数的豪宅，这座豪宅是青山留吉、青山政吉父子两代人的财富，是政吉和他的女婿民治、女儿政惠共同着手建成的。政吉是本地做鲱鱼生意发家的巨富，当年他发迹之后与女儿政惠等常常习字绘画，从而养成自己独具一格的审美情趣。后来，父女两代用了6年时间，花了31万日元(在当时属巨资)，专门从山形县酒田市请来能工巧匠，又从山形县运来山毛榉，房顶采用了在冬季积雪颇厚的北海道罕见的瓦顶结构，房檐下面全部施行了手工雕刻，地板是一踩即发出莺叫声般声响的"莺声走廊"。建筑物的周围三面是庭院，中庭有松林、石头构造的假山，颇具匠心。因此，这豪宅现在已被小樽市定为文物保护单位。

当我们走进这座纤尘不染的豪宅时，一股艺术的芳香扑面而来，无论建筑外部错落有致及简练明快的线条，还是内部居室的科学布局及满室的艺术气息，让每一个游客心旷神怡。屏风、对联、中堂等书画艺术品显示了主人的艺术品位和文化品位，玲珑而又不失大气的厅堂和室内布局的艺术匠心，处处显示出主人的豪富和心智，因而又有人称旧青山别墅为美术豪宅，这的确有点道理。

也许是北海道海边风大的缘故，庭院里的青松和红枫并不高大，但十分壮实，依然保持着当年北海道渔民的粗犷，也保持着主人当年的威严。红枫此时正长着新叶，纤巧的身影仿佛是当年政吉的女儿政惠，正做着17岁少女的梦。正在遐想时，日本友人与我们打招呼，让我们去大门口的樱花树边照相，因为此时还能见到这么茂盛的樱花，的确也是一种意外的惊喜。拍完照，我们又去看一些保存得很好的建造这座别墅的图片历史资料，看到当年能工

旧青山别墅门口

旧青山别墅

热海之夜 | 036 / 037

旧青山別墅外景（一）

旧青山別墅外景（二）

巧匠和民工劳动的身影，也看到主人当年来工地视察时的威风。不过，这些所谓历史早已化为烟云，化为这幢旧青山别墅。但旧照片上那棵还不大的松树，曾经在基建中凑热闹的松树，却还明明白白地在当今庭院中站立着，并且因为饱经沧桑显得更成熟了。抚着这苍松，让人对历史唏嘘，也让人对世事感叹，倘若苍松有朝一日开口说话，恐怕会有说不完的历史往事。青山留吉及其后人是靠海边贩鱼而发家致富的。如今，海还是那个海，海滩上捕鱼归来的那种喧闹早已销声匿迹，北海道特有的拉网小调，如今只有在音乐中欣赏。我们走出旧青山别墅，来到海边，望着这小樽海湾，想象着当年留吉父子站在海边眺望渔船归来的那种喜悦和企盼，也仿佛揣测了这些大富豪发迹史上的某种心态。

（2000年）

重访仙台

仙台这个令人向往的地方，五年前我曾去过一趟，主要是考察宫城电视放送社。这次行程中也有去宫城电视放送社顺访的安排。因此，5月16日我们从北海道千岁机场起飞，不久便降落在仙台机场。宫城电视放送社的朋友已早早迎候在机场出口处了，五年不见，大家自然要凝视细看，发现白发添了不少，然而精神都十分饱满，热情依旧！笑声依然！

上车后，宫城电视放送社的朋友立即拉着我们去仙台有名的烧烤店吃牛舌头，并说这是仙台有名的烧烤店，值得一去。于是我们便欣然前往，在一条小街颇拥挤的地方找到了这个特色烧烤店，因为时间还早，顾客还不多，我们是第一批，可是没多久，当我们吃得正香时，一拨又一拨的顾客鱼贯而入。顿时，这个小店热闹了起来，盘腿坐在里边的我们，望着这情景，心想：真是名不虚传！第二天，宫城电视放送社的朋友又陪我们去伊达政宗城堡旧址参观。这个城堡位于山上，可以鸟瞰风光迷人的仙台全城，山上古木参天，独眼将军伊达政宗的骑马塑像依然威风不减当年。走进边上的旅游品专卖店，我发现五年前在这里车木玩偶的师傅不见了，也许他已经离开这家旅游店了，而货架上木玩偶仍放着。望着这一切，回想着五年前我坐在车工师傅面前认真地看他麻利的动作，车好一个木偶后，用颜料有规有矩地描绘，有点入神，因而将这个镜头深深地印进我的记忆里，今天本想再看这位年逾花甲的老艺人，不料早已人去楼空，不免有一丝伤感涌上心头。自然这也仅仅是一刹那的伤感。

陪同的日本朋友已经在催我们上车了，上午11点半的飞机，而我们还要去日本东北大学参观鲁迅当年读书的旧迹。那里有个阶梯教室，是国内一些人去仙台的必到之处，我们也不能免俗，在校园里转几个弯，踏上一个小台阶——似乎只能一个人上下的台阶，走进这个光线并不好却吸引无数人去瞻仰的阶梯教室，黑板上留下类似"到此一游"的粉笔字，也似乎是向鲁迅先生"报到"。是的，既然来了，报个到也是应该的，一位管理员捧出签名本让我们签名字，我写了"鲁迅，中国的骄傲"一行字后，奉还给管理员。是的，鲁迅曾使中日友好多了不少话题，他虽然一生没有做过大官，却一直在做着民族、国家的大事，是值得中国人骄傲的。

我在仙台停留是短暂的，且大都是重游一些去过的地方，但相隔五年，似乎又多了些陌生。

（2000年）

冲绳走马

从仙台飞抵位于太平洋上的冲绳岛，仿佛经历了两个季节，在冲绳那霸机场下来，一种湿热的清新空气和刚下过雨的湿润气息扑面而来，机场的过道里，摆满了各种色彩的兰花，五彩缤纷。福冈的朋友早已迎候在机场出口处，多时不见的朋友相见，大家十分高兴。去宾馆的路上，大家有说有笑。不一会儿就到了下榻的宾馆，这是一家全日空的宾馆，我们进去没有多长时间，同机的空姐们手提皮箱，也住进这家宾馆。

时间还早，日本朋友带我们去那霸市的首里城参观。首里城是琉球王国时代的一个城堡，位置在那霸市的一个山坡上。城里设施据介绍可分两个部分，一部分是首里王府进行行政活动的王府，一部分是国王及其家属、女官等生活的王宫，因此一个王府一个王宫将首里城的地位、作用显现了出来。但当我们一踏进这座如今作为文化遗产的古城时，一股浓郁的中国历史气息扑面而来，据说，从1372年至1879年的500多年间，每当琉球国新国王即

冲绳琉球村的旅游表演　　　　　　　　　　那霸王宫遗存

位时，中国皇帝就会派出使者，漂洋过海来给琉球新国王册封，举行即位仪式。所以，首里城的建筑艺术，如木、石雕刻、陶艺、漆器等，都留下了浓郁的中国文化色彩。如宫殿里的大柱上龙的金色彩绘，用红色象征喜庆和黄色象征威严等文化意蕴，与中国文化十分相似。日本友人告诉说，王府里的"中山世土"是1683年中国康熙皇帝所书，并悬挂在琉球国王的宝座之上。当我们穿梭于首里城宫室时，太阳已经西下，5月的冲绳，气候宜人，夕阳给山坡上硕大的榕树染上一层淡黄色，十分温柔，海风吹来，很有一些醉意。这时，一位在冲绳陪读的中国女士见我们是中国人，便主动与我们攀谈，她说她正在应聘为7月份在冲绳召开的七国首脑会议准备材料，她问国内情况怎样，我们简要告诉她国内发展情况，看得出，她十分羡慕我们，她说她真想回国去看看。

冲绳县湿润的气候孕育了众多植物，无论是草本还是木本，在冲绳可谓繁多，只要你出门去，总能见到不少你从未见过的植物。我们在去万座毛观光的路上，发现碧绿碧蓝的海岸边、礁石边，长满小矮树一般的草，一大片一大片，而在万座毛，成片的绿茵像地毯一般，绕过一个海角，见到万座毛奇险的海边景观。一望无际的大海，碧绿的海水，让人有心旷神怡的感觉。这种感觉，当我们坐船去近海看鱼时感觉更强烈，因为这种天然的东西，在喧嚣

大造殿

位于那霸的王宫一角

冲绳那霸的熙政堂

的城市里，在物欲横流的世事中简直太少了。冲绳是热带鱼的王国，我们乘着一艘用玻璃做底板的小船，游人可以看到船底下五彩缤纷的热带鱼，大大小小、各种各样，"鱼的世界是不是也物欲横流？"望着这些无忧无虑的鱼儿，让我们如斯想。

　　第二天，在冲绳琉球村里，我们看到了琉球村的古村落模型，也看到了琉球村特有的文化，虽是中午时分，阳光有些灼热，但大家还是饶有兴味地一处一处地参观，没有想到这个冲绳岛上的历史文化还真悠久！这天下午，我们来到一个叫菠萝村的小村子，在那里，我们稍事休息，发现太阳已经西斜，村边山坡上的菠萝树在阳光里显得十分茁壮，山坡小路边的杂草和一些无名小花都充满活力、安静地生长着，我们望着冲绳这富有田园诗意的菠萝村，一股淡淡田园味涌上心头。这时，日本朋友已在招呼我们上车了，因为回那霸还有不少路程呢。

（2000年）

阿苏山风光

其实，日本阿苏山的风光很有限，都集中在火山口上。

我曾在箱根的大涌谷看过火山遗址，对火山喷发有一个颇为恐怖的印象，不过在大涌谷时正值阴雨，天上乱云飞舞，乌云滚滚，弥漫着硫黄气味的山谷里，涌岩口处处都在冒着白色的烟雾，天低山高的大涌谷确实有点让人感到火山喷发时的恐怖，但是这与那时的天气有很大关系。而去阿苏山观光时，天气迥然不同，阳光灿烂，万里晴空。我们从福冈出发，一路高速直奔阿苏山，进了阿苏山地区后，陪同的日本朋友就指着一大片平地说，这个平地是世界上最大的火山口。我们顺着看去，望着一大片富庶繁华的平地，真想象不出这里当年竟是火山喷发的地方。然而这并不是今天我们要看的火山口，我们继续向前，沿着盘山公路盘旋而上。一路上，我有时竟忘记是在日本的国土上，仿佛是在去长白山天池的路上，因为周围的景色与长白山火山口周围的景色颇相似。

终于在一个临近山顶的山坡上看到阿苏山火山喷发留下的壮观场面。一个类似于长白山停车场的地方，十分整洁，大巴、小车很有次序地泊在这观赏地附近，然后人们买票再步行上山至火山口。此时晴朗的天空中和在大涌谷一样，弥漫着刺鼻的硫黄气味，远远看去，一股白色气体从山顶喷发口蒸腾而起，直冲云天。山顶上风很大，也很冷，我们走了百把米路便到了山顶的观光护栏边上，在这护栏边上，俯视火山喷发口，真让人吓了一跳，巨大的喷发口仍在冒"烟"，火山口里并不是清碧的天水，而是白色的硫黄似的石灰色液体在火山口里沸腾，原来远远看到的白色雾气正是这沸腾的火山口里发出来的，远处山岩峭壁上，到处是焦黑的岩浆灰。我们仔细一看，脚下这条观光小道，也是修筑在灰褐色的火山灰上的。

阿苏山（一）

阿苏山（二）

阿苏山火山口还在沸腾

陪同的日本友人不住地叮嘱我们，要注意安全，并告诉说，阿苏山火山喷发口，由于它的险要，经常有人跑到这里来自杀。看着沸腾着的火山口，假如真有人纵身跳下去，那真是会尸骨无踪的。我们沿着有护栏的小道一边拍照一边往回走，在这阿苏山山顶极目远眺，除了山顶火山喷发口周围是一片焦黑的岩浆灰外，四周青山一片，无论是草还是森林，都青翠欲滴，十分茂盛，尤其让人兴奋的是阿苏山的杜鹃花，一丛一丛地不经意地开在远处、近处，猛一回首，突然发现杜鹃花就在你身边，让人一阵惊喜。据说火山岩灰是十分肥沃的，火山喷发后周围的土地因此变得肥沃起来。当然，火山喷发本身是不可避免的自然灾难，但事物的多面性规律就是如此。

阿苏山火山喷发口附近没有什么纪念品出售，也没有像大涌谷火山景区那样卖黑鸡蛋之类的小吃，只有几个阿苏山本地人在卖硫黄。据说放少许硫黄在浴盆里洗澡，有泡温泉那种光滑舒畅的感觉，但生意似乎不好，卖硫黄的地摊上少有人问津。

从火山口下来的路上，陪同的日本朋友告诉说，这阿苏山在30年前喷发过一次，我们听后都吃了一惊，日本朋友还说他小时候还在这一带生活，因而他清楚地记得 30 年前火山喷发时的情景。听他叙说完后，我们又忍不住往阿苏山火山口望一眼。此时已是中午时分，我们便在一处开阔地带——前面有河有宽阔草地的马路边上的餐馆里吃中饭，大家一边吃一边仍在议论阿苏山火山口，不时往阿苏山方向张望。

（2000 年）

03

浮在沧海上的济州

被称为北太平洋乐园的济州，以她迷人的天然风光吸引着世人。去年5月我们在光州访问之后，也专门去济州领略这浮在沧海上的济州岛。

因为在海洋上的缘故，济州夏天最热为33.5摄氏度，冬天最冷为1摄氏度，是韩国温差最小的温暖之岛。但济州岛又是韩国最大的岛，东西长73千米，南北长41千米，岛上有海拔1950米的汉拿山，有火山喷发的熔岩以及火山喷发后留下的奇岩怪石，还有丰沃的土地及珍稀植物。

在济州，到处是可圈可点的风景。比如那天中午，我们去海边看龙头岩，一路上颠簸着，车子在一个停车场停下后，我们又步行一千米路，灼人的阳光晒得人冒汗，忽然一阵惊涛拍岸的声音从嶙峋的巨石边上传来，我们循声再往前走，拐过一个弯，立刻被眼前的景色惊呆了：一望无际的蓝色大海，海浪拍打着奇形怪状的褐色礁石，白花花的浪花在这犬牙交错层层叠叠的礁石间溅起，声音在嶙峋的岩石岸边回响，发出浑厚的轰鸣声。在岸边，阵阵海风吹来，我望着远处一条巨龙般的岩石，想起传说中济州的神话，说当年一条虫盼望成龙而偷走汉拿山神灵的珍珠，被发现后，中了汉拿山神灵的箭而落在海边变为岩石。今天看这岩石，仿佛仍能看到从海底涌上来的龙的形象，而且气质十分雄健；而近在身边脚下的龙头海岸，还有一个与中国有点关系的传说，相传当年秦始皇看到这里的岩石有龙的气质，便立刻派胡宗旦用刀把龙的尾巴和后背砍了下来，于是，这里便哭声连天！想起这个传说，联想起这里海浪的轰鸣声，感觉很有悲壮的色彩。

济州岛上的植物园也别具一格，这个植物园叫翰林公园，规模很大，有植物园、雕塑园、溶洞、民俗村，我们先去参观一个天然溶洞，这个溶洞与其他洞的不同之处，是在平地之下。一般的洞，在山上或者在半山腰，而这个

济州岛龙头岩

洞在平地之下,像一个大地洞,但这个大地洞也确确实实是天然的。据说也是公园建造者偶然发现它,稍作整理,竟是一个很好的地下景点,在洞里行走,凉风习习,给人以凉爽的感觉。在翰林公园的植物园内,各种名贵花木、奇形怪状的植物以及各色香花,让人赏心悦目。

在济州岛海边乘潜水艇去海底世界看看,也是颇开眼界的乐事。那天上午,我们乘一艘潜艇下到海底30米以下,去看海底世界各种岩石、珊瑚以及各种鱼儿。海面上风很大,浪也不小,但海底世界十分平静,在亮度不太够的视野里,岩石、珊瑚和鱼儿都相安无事,显得平静和惬意,而当潜艇浮上来快到水面时,向上看到海平面的反面,也同样让人神思千里,想象着人世间的种种情状就在海平面之上,而海底世界又是那样丰富、莫测,宇宙大自然的空间,让人类发挥着无穷的想象!

快离开济州时,陪同的韩国光州文化放送社的朋友还特地带我们去一个称为济州十景之中首屈一指的城山日出峰看看,因为顺路,我们便匆匆赶去,但不是看日出,而是去看一下闻名遐迩的独特地貌。城山日出峰位于济州岛

惊涛拍岸、怪石嶙峋的龙头岩

东端的海边，因为当年火山喷发而形成碗状的一个山峰，由于喷发时比较规整，所以碗状特征给后人留下一个很有特点的风景点。登上山顶，鸟瞰太平洋和济州岛的丰沃大地，真让人有一种登高望远、心旷神怡的感觉，天造地设的济州城山日出峰给我们留下深刻记忆。

离开济州岛时，还有想再看一次的感觉，这就是济州岛的美丽带来的魅力吧。

（2000年）

光州观光

去韩国访问，我还是第一次，但过去十多年里从宣传资料上知道韩国跻身亚洲四小龙，生产发展如何如何，其实这些也都是道听途说，算不得准确资讯。但是这样一来，我们对韩国的了解认识就浅薄得有些难为情了。所以，这次有机会访问韩国，内心就显得有些雀跃。

飞机是从日本福冈飞往韩国釜山，空中距离很近，一个多小时就到了釜山，在下飞机出海关时，一位同事的行李有点小麻烦，机场海关一位学过几句汉语的检查员，热情得有点过头，讲着半文不白的中国话，什么"出门靠朋友，在家靠父母"，有什么事可以找他，等等。但同事找他时，他又顾左右而言他，说到上海时一定与我们联系，等等，滑头一个。

终于从釜山机场出来，光州文化放送社的朋友早已等候在门口了，大家相见十分欣喜，立刻上了一辆专门来迎接我们的大巴，直奔光州。从釜山到光州要三个多小时，高速公路两边的山坡和水田风光，颇有中国北方的样子，让人有一种田园亲近感。到光州时，光州文化放送社的朋友早已等候在一个很有光州风味的酒店门口，这一晚，虽然不少人是初次见面，但友谊带来喜悦，大家都尽兴，连不会喝酒的人也有些醺醺然了。

第二天，去拜访光州文化放送社，据说光州文化放送社在"光州事件"中被毁，然后迁到现在这个山坡上。在热烈的欢迎仪式后，光州文化放送社的朋友陪我们参观了电视台的设施，看到他们精简而高效的人员，同去访问的同事们都感慨不已。按照日程安排，我们在光州文化放送社盘桓半天后，立刻去拜访光州全罗南道的政府首脑知事——相当于中国的省长，拜访知事后，知事便带我们去近郊一处很清静也很有特色的地方宴请我们，宴会中，多次到过浙江的知事很爽朗，也很随意地和我们谈起浙江的风物。午宴后《光州日报》的记者对我们的访问做了采访。

握别知事，我们来到光州艺术馆，参观正在光州举办的国际双年艺术展。艺术展上，无论是绘画艺术，还是雕塑，有不少作品的构思非常独特、非常怪异，作者想象力丰富，给每个参观者某种巨大的震撼。人类祈求和平、祈求民主、诅咒战争、反对暴行的天性在艺术家的创作思想里得到自然流露。因而尽管天气很热，我们也走得很累，但看了展览以后，仍觉得大开眼界。

在光州，不能不去五一八陵园，这个陵园是为纪念发生在1980年5月18日为争取民主而死难的烈士而建，因为有光州事件，才大大推进了韩国民主化进程。但是军政府的血腥镇压，使酷爱民主的光州人民付出了血的代价。在那个偌大的陵园，一片肃穆的气氛里，前来凭吊的人络绎不绝，在那一个个墓碑上，刻着姓名和年月，不时发现墓边还有鲜花，显然常有人来扫墓。陪同的韩国朋友告诉说，光州事件反映了光州的光荣传统，光州在韩国历史上曾有多次民主运动，也出过好几位民主运动的领袖，看得出，言辞间有些许光州人的自豪！是的，这个自豪是用鲜血换来的，应该自豪。

韩国朋友还半开玩笑半当真地说，光州这个地方不断爆发民主运动，也有它地理条件的原因，比如光州有无等山。"无等山就是讲平等讲民主，没有等级森严。"接着又说："怎么样，天还早，去无等山看看？"大家欣然同意，于是便驱车去光州郊外的无等山，其实无等山是个森林公园，一路上，和中国的风景区一样，路边有种花木的，搞盆景的，显得十分恬静和惬意。上山后，我们在公路边一个放满工艺品的茶室品着绿茶，开着玩笑，满屋清香，满屋笑声，五一八陵园那种肃穆的气氛此时早已云散。在无等山上看光州一览无余，原来光州四周群山环抱，整个光州处在一个盆地之中。但是，这个盆地上怎么会积累起那么多的民主精神呢？我站在无等山陷入了沉思。

（2000年）

汉江灯火

在汉城(今首尔)的短短两天多时间里,印象最深的莫过于汉江两岸的灯火。汉城规模之大,与小小的朝鲜半岛很不相称。据说,韩国全国三分之二的人口在汉城,我没有去查枯燥的统计数字,但飞机在汉城上空飞了好一阵子,从舷窗口俯视汉城,感觉真大。那天下午,阳光灿烂,我们出了汉城机场,便直奔汉江。这条滋润了韩国人民的母亲河,浩浩荡荡,由西北往东南流去,清碧的河水把河面上一座座现代化大桥映衬得分外妖娆,来回游弋的游船给汉江带来生机和活力,一种生命感在汉江里弥漫开来。我们在汉江边上的椅子上休息,远眺汉城北边的连绵起伏郁郁葱葱的青山,想起汉江水之所以如此清碧,是因为汉城的环境保护已经走在发展的前面了。汉江边上,悠闲的游客也在看汉江风光,最具历史见证的十多座汉江大桥不仅横跨汉江,也纵跨历史近百年。远望着这些桥、回想着韩国一个世纪以来的历史变迁,唯有这些桥、这条汉江,才最有发言权。我在汉江边这样遐想。

汉江的游船十分宽敞,所有的服务人员都穿得整整齐齐,服务有礼貌,很热情,因此,我们走进汉江游船,感觉温馨,仿佛整个人也融进这汉江的秀丽之中。这时,斜阳将汉江照得波光粼粼,韩国朋友指着江边一块高地说,这里原来都住着人,后来政府将他们迁走,保护汉江水质,也保护居住在江边百姓的生命安全。但是当年迁移那些原住户时,阻力重重,都觉得世世代代居住在这里,都不愿离去,因而常常在这江边爆发请愿等活动。听完他的话,望着那块如今已是青草萋萋、杂树丛生的江边高地,没有想到会发生那么多的故事,而这故事的制造者竟是得益者自己。

汉江上那一座座跨江大桥,差不多每一座桥都有许多故事。铭记历史的桥墩上,留下了四十多年前那场战争的痕迹,弹痕和风雨使汉江上的每一位游客都会寻觅记忆里的往事，从而给今日的和平岁月添上几分珍爱之情。现在几乎每座桥上都是车水马龙，热闹非凡，因为汉江将汉城东南西北都连在一起了。在江面上，感受着习习凉风，蓝天里有几朵白云从北边青山那边飘来，我不由得想起世界上许多著名城市的格局——城中间有一条河，如巴黎的塞纳河，科隆、汉堡的莱茵河，佛罗伦萨、莫斯科等城市也都是中间有一条河，而汉城有如此美丽而巨大的江，显然是汉城之福，也是汉城人民之福。汉城也因此而美丽。

然而，汉江之美并不仅仅在于它的历史，也在于它的自然。晚上在灯光照耀下，整条汉江灯火辉煌，逶迤在繁华的汉城。那天晚上，韩国文化放送社的朋友特地让我们登六三大厦，观光汉城夜景。站在六三大厦顶层观光，一望无际的万家灯火将整个汉城淹没在灯光的海洋里。灯火里的汉江，看上去更迷人，显得十分宁静，几艘夜游的游艇，在似动非动的灯火里慢慢游弋，一座座跨江大桥在闪烁的灯光里变得神秘莫测，给人留下无穷的想象空间。总之，汉江的灯火与世界上其他地方的灯火感觉不太一样，汉江的灯火神秘、无穷，环顾夜色中阑珊的汉城，又觉得像是富有生命之火，在水、在山、在灯光的伴奏下，汉城这个韩国首都处在非常活跃之中。因此，我看过汉江灯火，虽有些时日，但仍不能忘怀。

（2000年）

04

桌山览胜

桌山是南非开普敦的一个有名的览胜之处，为什么这个山叫桌山？导游告诉说，山形像一张长方形的桌子，山顶上平展展似桌面，所以叫桌山。我们一看也像，远远望去，一座巨大的山——没有山峰，却有一个平展展如刨平似的山顶——横亘在大西洋与印度洋中间，形成一个海湾，这个海湾就叫桌山海。桌山海不大，由维多利亚港等组成。湾外面是一望无际的南非大西洋海面，碧水蓝天，让人忍不住眺望海那边洋那边的南美洲和南极冰。只是目力不能及，只好用脑子想想罢了。

上午导游带我们去看过南非有特色的鸵鸟养殖场后，导游看看碧蓝的天空，阳光灿烂，忍不住说："今天天气真好，我们赶快上桌山去吧。"自然，初次到南非的我们，除了公务没有别的要求，听任导游安排。此时，车子已经在往开普敦城市中心的公路上驶去。在南非国家级公路两边，不时涌现出一片片低矮的平房，或簇新，或破烂，当我们疑惑这些一间间一排排的小房子干什么用时，导游不待我们提问，便从南非的政治、南非的黑人斗争（选举）讲起，说南非以前的种族歧视很厉害，十分严重，黑人与白人不得住一个社区，不得进同一个超市购物，并专门有供白人黑人分开购物的商店，白人的超市黑人不得入内，十分严重的种族歧视也阻碍黑人的发展。后来黑人领袖曼德拉当总统后，承诺给黑人房住、工作做，所以造了这一大片一大片的矮房子，廉价卖给黑人，改善黑人的居住条件，但还有大批黑人没能及时住进新房子，只得住在这些破烂的棚户区。导游说："现在南非的黑人社会地位大有好转和提高。政府规定招工先招黑人等优惠政策出台，让黑人的生存权得到进一步保证。"

正在说话间，车子已经进入开普敦市区，沿着狮子山边上的公路，绕道

桌山下的开普敦港湾

上桌山。突然，导游话锋一转说："我们到桌山的半山腰即300米处，再坐缆车上山顶；桌山海拔1100多米，是亿万年前从海底慢慢升起来的一座山。经过多次地壳运动，它形成了现在这个规模。层层叠叠的岩石，使许多人想攀岩都无法成功，有人甚至命丧山崖。所以，当年建这索道时，许多材料都是用直升机运上去的。"导游边说边用手指着山上的索道。

到了半山腰下车后，导游张先生又对我们说："今天天气不错。如果下雨，或雾很大，即使上了山，等于什么都看不见，而今天晴空万里，你们运气真好！天晴还不够，必须没有风，如果天晴但风很大，这索道就不开了，因为索道晃动得厉害不安全，达到一定风量后，索道就停运了。像今天这样风和日丽能见度高的日子，在开普敦也不多见，恰被你们赶上了。"

索道是大箱子，总共有两只，一只上一只下，交替上山下山。但这个大箱子与别的地方的索道载人箱有些不一样，即载客的箱子在上山下山时，里面可以360度转动，你站在一个地方，便在上山或下山过程中全方位地观赏开普敦城市和海景山景。我们乘过不少索道，这样的索道倒还是第一次见到，一打听，才知道索道是奥地利生产的。它不仅品质好，而且后续服务也十分到位。杭州的北高峰索道也是奥地利生产的，所以当我听说是奥地利生产时，立刻反

桌山顶上远眺

应过来，真切感受到奥地利的索道是全世界一流的。

只有五六分钟时间，我们就到了海拔1087米的山顶保护区。走出索道，山顶的景象一下子让人惊呆了，悬崖峭壁之上的山顶竟然如此壮丽、如此美丽，让人有些不可思议。山顶上开阔得一望无际，上面的石头极为原始地散落在山顶方圆数里的平地上，低矮的杂树镶嵌其间，宛如一个天然的石头公园。这里的每一块石头都是原生态的，没有人工摆设，更没有人工雕凿，也没有名人题字式的张扬，仿佛都是盘古开天地以来所固有的，如当初地壳运动的原状活生生地在桌山上放着。因此，望着这些石头以及不知年代的杂树杂花，忽然想到，这活脱脱一副海底影像，不过现在在桌山顶上而已。我们望着这些美不胜收的石头，目光不忍离开，不舍离开。但是，西北海面的那座罗宾岛——当年囚禁曼德拉的岛，又跃进眼帘，让人生出许多联想，据说这个岛在做监狱之前是关麻风病人的地方，后来才改成监禁囚犯的地方。曼德拉这位黑人领袖却在这个小岛上度过十多年的牢狱生涯，吃尽人间苦楚。今天曼德拉为人们所敬重，是以他自己的苦难为代价的。而山下近在咫尺的地方，高楼、别墅林立，看得出开普敦这个英雄城市也在日新月异地发展着。山下西南方向的海岸边上，是大片大片簇新的房子，导游告诉说，这些都是

桌山顶上的天然公园

富人区，有钱人住的房子，在海浪的伴奏下，有钱人过着天堂般的生活。正当我们目不暇接时，导游用手指着东南方向的山峦高耸处说，那就是好望角。啊，那就是如雷贯耳的好望角吗？我们虽然无法看清好望角的具体容颜，但山那边的好望角，已经在我们的心里了。过去学地理时，好望角是一个绕不过去的存在，好望角也是一个响当当的名字，是让人一想起非洲就会想到好望角的一种情感。因而当我们凝望好望角时，情不自禁地问："什么时候去看好望角？"导游笑了，说："明天吧。"

是的，明天更动人，明天更美好，明天也更神圣。

桌山的览胜，给我们上了一堂有趣的非洲地理课，这地理课与课本不一样之处，在于它的旎旖，在于它的民族，还在于开普敦人民的勤劳和智慧。

（2004年）

放眼好望角

去南非，其中颇有诱惑力的是"好望角"这个名字。

1486年，西方航海家发现好望角以来，好望角这个颇有喜运色彩的名字，不时被媒体所介绍。记得过去念书时，地理课上让人印象深的好望角比巴拿马运河更让人崇敬和有历史感、沧桑感。好望角有一种充满着希望之角的印象，让人在脑海里永驻。相传，五百余年之前，航海家发现好望角这个地方后，又叮咛从荷兰、英国来的航海家，说沿着大西洋岸到达好望角后，左转就可直达亚洲。亚洲可是个大市场呀！财富的诱惑力让许多航海家沿着这条航线到达亚洲。但也有闹笑话的，即有的航海家到达好望角后，立刻左转却驶进了一个海湾，进入海湾之后，却也以为到达了亚洲。

我们的汽车沿着海湾往好望角方向驶去，一路上，蔚蓝色的大海平静而美丽，沿着大海，是大片大片的别墅住宅，在光秃秃的山峦上显得更加洋气和现代。由于南非政府对生态保护十分重视，所以尽管沿海的山峦都是不毛之地，但海边的企鹅等栖息地依然受到人类的极好保护。当我们走进这些保护区时，在灌木丛中休憩的小企鹅，会悠然地在我们眼前走来走去，其形态无比优雅。

汽车转过几个弯，就进入好望角自然保护区。在这个自然保护区内，我们看见了山上的鸵鸟、羚羊、狒狒等野生动物，可见南非生态保护之好。

好望角位于南纬34°21′25″、东经18°30′26″，而好望角边上的开普角则位于南纬34°21′24″、东经18°29′51″。我们先前以为开普角就是好望角，因为开普角地势险要。上面有一座灯塔，是1860至1919年间使用的灯塔。灯塔高高在上，我们坐缆车上去，导游才告诉说，这个叫开普角，虽然形势险要，但名气没有好望角大，并用手指着开普角右前方伸在海边的一个小山头说："那就是好望角。"我们望去，原来好望角名声么大，却如此貌不惊人！真是人不可貌相，海水不可斗量。这个小山头却是世界著名"品牌"啊。在开普角上，我们可以眺望印度洋，也可以近距离欣赏大西洋。而后面山上一望无际的自然保护区，在朗朗的阳光里苍苍莽莽，更显出它的生机和历史。开普角上的灯塔废弃已久，但保护得完好，从油漆及周边的设施都看不出岁月遥远和沧桑，这同样让人感受到南非人民对历史文化的重视和尊重。

在好望角，我们站在下面的海滩上仰视着我们早已知道的好望角，望着这个名声远播世界的石头山，一股崇敬之情油然而生。当年航海家和不少来往于好望角的货运船只在好望角停留补充供给，从而让好望角附近的海滩上有了渔村，有了商贸，有了人气，也有了名气。我们站在好望角山崖下的海边，放眼大海，大海上一排一排的巨浪，冲向好望角山崖，冲向海滩，卷起一阵一阵雪白的浪花，可谓波澜壮阔，极为壮观！当年航海家探险到这里时，恐怕也是这个样子，艳阳高照，巨浪滔天。人世沧桑，亘古不变的是大海、大自然。当我出神地望着好望角、望着巨浪时，导游过来说："你看出了吗？"我不解地望着他。他说："好望角这个地方，还有一个世界性的特点，就是这好望角下面，上百米的地方，恰恰是大西洋、印度洋两个大洋海水的交汇处。

远眺好望角　　　　　　　　　好望角的灯塔

印度洋是暖流，大西洋是寒流，在这个地方交汇。你看，大西洋的海浪从右边斜着扫过来，而印度洋的海浪从左边涌上来，两个大洋的巨浪在好望角山崖下形成交叉似剪刀般的浪形，汇合后一起扑向岸边山崖处。"我们一看，果然，两股浪潮竟如此清楚而又界限分明，交叉后又赶过对方，冲向海滩。这景象，让我们惊讶不已，都赶快拍照，留住这自然界的奇观。

我们在好望角看了又看，望了又望，远处的海轮估计早已不用航海罗盘，取而代之的是卫星定位。但一批又一批来到好望角的游客，站在阳光里，寻觅着一百多年、两百多年乃至三百多年前的历史情景，想象着历史，觉得好望角不仅仅是个地名，而是一个世界的历史品牌。

从好望角下来，汽车仍在好望角自然保护区里行驶，司机知道我们第一次来南非，便在发现鸵鸟、羚羊时，特地停下汽车，让我们观赏野生自然状态的动物与动物园里动物的不同。的确，我们感到这些南非动物在自然界里有一种自由感，而动物园里却是受制于人的动物。当然，自由也要代价，即这些动物觅食的辛苦，这恐怕是吃惯喂食的动物所不能理解的。在好望角保护区内，一只狒狒从一辆汽车里觅得游客一只布袋，它拎起就走，不管里面是美元、护照还是食品，当管理员去追赶时，这只狒狒在灌木丛中轻巧地奔向

去好望角途中所见（一）　　　　　　　　　　　去好望角途中所见（二）

好望角

好望角海滩

深处，让管理员徒呼"捉贼"。看来，动物也有好动物和坏动物，与人类有好人坏人一样，让人大笑之后又陷入深思。

（2004年）

好望角附近的富人区

好望角的野生动物——狒狒

太阳城感想

汽车从约翰内斯堡出发，在南非高原上走了两个多小时，一路上黑人的贫民窟一片一片的，让人看了心酸；但也有一些农庄，大片的橘园，满枝黄橙，一望无际，还有大片绿油油的麦田，有喷灌器在喷洒，给绿油油的麦苗添些新鲜活力。看得出非洲高原虽然干旱，但还是宜耕作的，是极好极肥沃的土地，可惜黑人少钱，以致这些土地长着枯黄的杂草。

一路上，我望着贫富悬殊的非洲高原，做如斯想。

太阳十分毒辣，虽是非洲的冬天，但紫外线十分强烈，不一会儿，脸上热辣辣的，有些发痒，估计晒得有些过头了。我们被神话传说中的太阳城所引诱着，所以愿意穿行在这非洲高原的荒漠上，承受着这灼人的阳光。

汽车直奔山里，转过几个弯，就到了富丽堂皇的太阳城。当汽车停下来后，我们才发现这个所谓超五星的酒店，不过与当今中国各地建的休闲中心差不多。据介绍，一个俄罗斯的犹太人想方设法，通过各种手段，从一个地主手里拿到这几千亩土地，并在里面规划成一个世界闻名的度假酒店，设计成一个神话传说中的太阳城、地震桥、海水冲浪，以及其他各种设施。大门口站着两个黑人门卫，对进太阳城的人都要查明身份，凡是不住本酒店的人，一律不准入内，连门口张望一下都不行，可谓森严。

宫殿式的结构，气势恢宏。宫殿穹顶上彩绘着关于神话传说的各种图案，十分有气势。下面的宴会厅是罗马式的结构，高大、富贵、雍容大方。院子里种满各种热带雨林的高大的植物，如椰子树、棕榈树等。结构特别的海浪浴池边上观光的人还不少，有些小孩还踩着人造沙滩，迎着人造海浪嬉戏。导游告诉说，如果在夏天，这里冲浪的人特别多，从边上已有设施看，我想导游的话也许没有错，环冲浪浴池的地方，尽是人们休息用的躺椅等。走过地

太阳城的高尔夫球场

约翰内斯堡

太阳城大门

震桥时，正好是模仿地震的时间，我们感受到地动山摇的味道，设计者用了声光化电的效果，但没有惊心动魄的感觉，与美国好莱坞的人造地震相比差远了。开阔的高尔夫球场在太阳城似乎有好几个，我们见到它们时正是黄昏，高尔夫球场上的人都鸣金收兵，在旁边一个小店里休息，悠闲地喝着酒，品着美味。据说，这里高尔夫球场旁边的酒店都是会员制，我们想进去都不让进呢。

但是，在这个太阳城走了一大半后，猛然间，我想起杭州的杭州乐园、宋城。这些人造景点的特点是尽往豪华处模仿，从而创造惊人的价格。这里的太阳城还给人一种"贵族化"的印象，但杭州宋城等，倒比这太阳城更平民化一些呢。所以，一想到太阳城占着好山好风景，却人造出一堆景致，营造出一个高级酒店、各种非洲风格的装饰，一切都让人索然无味。几个同伴听说后，也认同我的感想，正像俗语所言，祖国的大好河山都在导游嘴里。这太阳城也是名声在外，而一旦洞穿创建者的本意，其实是一个招揽宾客的招数。

毕兰斯堡国家公园（一）

　　后来的一个事件让我们对太阳城更是大倒胃口，事情是这样的：早上我们坐敞篷车去太阳城边上的毕兰斯堡国家公园观光，原来计划两个小时，后来缩短到一个小时，早上8时许出发，寒风冻得我们披着毛毯御寒。车子朝山里驶去，两边都是平缓的山坡、齐腰深的枯草。走了十多分钟，看到漫步在山间的大象，也看到休息的河马、犀牛以及聪明的小羚羊，在晨光里，这些动物十分美丽，再加上枯黄的草及迎风而卧的枯树，漫山遍野，色彩斑斓。据说，这个野生动物园有500多平方千米，里面有非洲的各种动物，比如非洲老虎、豹、犀牛、河马、大象、羚羊等。与我们所谓的野生动物园不同，这里的野生动物园从不人工喂食，完全是任其自然，自生自长，自生自灭。因此，在这里坐车走一圈，是非洲见闻中的一大亮点。然而，就在我们一方面享受寒冷、一方面享受乐趣地回到太阳城后，同伴放在房间里的钱包被窃。我们为这个戒备森严的地方竟会当客人离开一个小时就失窃财物感到不可思议。既然这里连大门都不让进，客人离开一个小时就被偷，可见太阳城的隐秘之处。我们虽然报案，但仍没有结果，打了几次电话，都说没有查出。

毕兰斯堡国家公园（二）

  当我们静下来想一想，觉得也许这就是真实的非洲，于是也就释然了。

（2004年）

赞比西河看日落

"长河落日"的景象很久没有看到了，这次非洲之行中有津巴布韦的赞比西河观长河落日的活动，所以在到达非洲之前我就颇为兴奋了。"长河落日"的壮观和美丽，一看字面就仿佛知足了。"大漠孤烟直"，那种在沙漠里的壮美在非洲的津巴布韦能见到吗？因此，我带着期待带着疑惑，踏上津巴布韦的土地。

赞比西河全长2700多千米，流入印度洋，而津巴布韦瀑布镇则位于赞比西河的1300千米处，基本位于中间。这里河面宽阔，几条支流流经这里，突然从悬崖上跌下去，落差有80至100米。津巴布韦政府在此修建了国际机场，为世界各地来此处观光的游客提供方便。而这个位于非洲丛林里的小镇，也渐渐有了名声，据说现在有4.5万人，主要从事旅游方面的生意。这个小镇上中国人不多，连小孩在内只有五个人。这五个人我们全见到了，并与他们合影。

下榻的宾馆是当地最有名的宾馆。据说不少国外政要来此，也下榻于这个宾馆。这个宾馆坐落的位置倒是很不错的。它位于一块高地上，有点类似山坡上，从房间里看出去，可以看到邻国赞比亚，可以看到瀑布的冲天水雾，也可以看到赞比西河。由于津巴布韦地广人稀，所以宾馆的面积很大，有室外游泳池，有网球场，有大片草坪，环境十分宁静。

因为要去看长河落日，我们下午4点半左右才来到赞比西河船上，岸边有几个当地黑人在跳着舞蹈，唱着歌，欢迎我们。游船上面放着许多桌子，还有遮阳篷，导游给我们拿来酒，黑人船长介绍游览知识之后，也给每人送来点心，让我们品尝非洲风味。船离岸后，导游告诉说，赞比西河位于津巴布韦和赞比亚两国交界处，河对面就是赞比亚。两岸的旅游船都可以随便航

津巴布韦的赞比西河（一）

津巴布韦的赞比西河（二）

津巴布韦赞比西河上的莫西奥图尼亚瀑布（一）

津巴布韦赞比西河上的莫西奥图尼亚瀑布（二）

下午的赞比西河

行,没有国界限制。我们仔细观赏两岸风光时,发现真的没有什么不同,植被、树木、风光都十分壮丽,因是冬季,我们见到的树叶已发黄,芦苇也枯萎,杂草则在微风里摇曳,在艳阳里一片金黄。远处是水天一色,活脱脱一幅油画,因为也只有油画才有这样浓重又鲜亮的色彩——一幅赞比西河冬景图。

在两岸丛林里,不时出没着非洲动物,狒狒是常见的,而河马、鳄鱼则常在船边和河滩上出没。岸上的非洲大象,悠然地啃着草料,全然不顾河里游艇上的看客,我们赶快拍照,将这种偶遇永久地留在记忆里。忽然,不知哪位游客说"看河马",几十位游客都在拿起相机寻觅。果然,离游船不远处的河里,有三四头河马在水里扑腾着。这庞然大物的样子很憨厚,游客们看着它沉下去,又看着它浮起来,一会儿有两头,一会儿有三头,再仔细看时原来有四头河马。一露出水面,河马就扇动小耳朵在河面上掀起一阵晃动,据说河马不会游泳,但可以在水里走路,每隔七八分钟透出水面呼吸点空气。河马也可以在陆地上行走几十千米,寻觅食物。这看似笨重的动物,竟是水

赞比西河的长河落日

从赞比西河看岸上

陆两栖呢。

太阳渐渐西下，人们在惊喜和期盼中忽然发现最精彩的长河落日景致如约而至，人们望着赞比西河的远处，水天之间一片金黄，两岸是风吹草动和枯树丛林，在夕阳里更加古朴和原始。河面上波光染成金黄色，落日在河里成为一条长长的亮光，从天上从河面上直射到游船上，每个人都沐浴在这夕阳里，融入这长河落日的美丽景色里，这景色让人的思绪凝固，让人达到物我两忘的境界。游人纷纷在这夕阳红与赞比西河融为一体时不时闪亮着镁光灯。

真可谓"夕阳无限好，只是近黄昏"。长河落日的美丽持续十多分钟后，太阳也在河的尽头沉下去了，留下了一片晚霞，但又很快，蔚蓝色的夜色渐浓起来了。我们饱赏了长河落日的美景，在灯火阑珊中离开了赞比西河，但这赞比西河的美景，恐怕永远不会离开我的记忆。

（2004年）

走近莫西奥图尼亚瀑布

　　去津巴布韦瀑布镇，主要是看位于津巴布韦南端的莫西奥图尼亚瀑布。据说，这个莫西奥图尼亚瀑布在全世界名列第二。第一是巴西的伊瓜苏瀑布，第三是美国与加拿大接壤处的尼亚加拉大瀑布。所以，有了这个大瀑布，才有小镇上的飞机场，才有众多游客接踵而来，才有小镇上发达的旅馆业，导游告诉说，小镇上五星级宾馆都有。

　　瀑布距我们下榻的宾馆不远，汽车在非洲丛林里走了十分钟左右，忽然

津巴布韦的面包树

津巴布韦莫西奥图尼亚瀑布旁的雕像

在一棵巨大的面包树前停了下来，导游指着这棵硕大的面包树告诉我们："这棵面包树的树龄已有1600多年。"因为是冬季，树叶都已脱落，硕大的树干，饱经风雨之后显得十分苍老，让我们对这棵存活了1600多年的面包树产生了深深的敬意。老树边上也有一棵上百年的面包树，树皮被当时的动物啃咬过，结成很大的疤。由于年代久远，树上被动物啃过的树疤也已长得很高了，今天的大象已经够不着啃，推定面包树被啃的时间已是十分遥远，已经无法考证。"动物为什么要去啃面包树？"我好奇地问。导游告诉我说，这种树在中国没有，在非洲丛林里却非常多。非洲只有旱季和雨季两季，雨季时，雨水特别多，面包树有储蓄雨水的功能，而旱季没有雨水，面包树本身储蓄的水分足够满足面包树对养分的需要，此时的面包树，树皮松软充满水分，有些人也去砍一块来吃，像水果一样。对旱季里的动物来说，碰到这样的树，自然是啃吃的对象了。因此，不少面包树都有被动物啃吃的伤痕，这有点像吃大户的感觉，动植物之间也如此，真有些不可思议。

拍完照，听完面包树的故事，我们便很快到瀑布的边上。导游在我们下

莫西奥图尼亚大瀑布

车时，给了我们每人一件雨衣，说瀑布会湿透我们的衣衫。我看过伊瓜苏瀑布和尼亚加拉瀑布，有些经验，二话没说，接过雨衣在太阳底下穿了起来，同伴中有人对万里晴空中穿雨衣感觉有些滑稽。不过这种感觉一走近莫西奥图尼亚大瀑布就立刻云散了。

　　穿过一二百米的丛林，顺着透迤的原始森林里的小路，一幅巨大的瀑布图立刻展现在眼前。原来，由于地震等地壳运动，赞比西河在这里突然断裂，下陷100多米，整个河床被撕裂、断开，因此，赞比西河平静地流到这里，突然水流湍急，又猛然咆哮着奔泻下来，形成绵延两千米的瀑布群。站在瀑布边，雷霆万钧，水雾冲霄，仿佛是在雾中、在云中，让人心灵有一种原始状态般的震撼。我们一边拍着照，一边沿着布满杂草的小路行走，我一直在想，这瀑布虽然在100多年前由一个英国人发现并传播开来，但是，即使他不发现，这瀑布也早已存在上千年上万年了，它的壮观，它的无闻，它的力量，却不是因哪个人发现而存在的。那个英国探险家的雕像立在这瀑布的荒野之中。虽有些可敬，但也可怜。众多的古人，只有他一个人孤零零地在这里谛

瀑布上端汹涌的赞比西河

听着瀑布永不止息的轰鸣声，而今人则在他身边匆匆走过，连看都没有多看一眼。

我们像在雨中散步一般，享受着从山谷裂缝里冒上来的雨雾，湿漉漉的洒在人们身上、手上、脸上。这对于在干旱多时的非洲腹地的我们来说，是多么惬意的一种享受，也是一种多么奢侈的感觉啊。在雨雾小些的时候，我们便照相，留下这难得的一见。

从观赏条件看，莫西奥图尼亚瀑布的条件没有伊瓜苏瀑布方便，也没有尼亚加拉瀑布的好看，因为莫西奥图尼亚瀑布只是将赞比西河撕开，断层的峡谷空间不大，观赏时只能站在赞比西河对面的山头上，不能下去仰视。站在对面山头上，望着迎面而来的赞比西河飞奔直下，而且下面是白茫茫的一片，深不见底，于是没有了那种惊心动魄的惊喜。因为世界级的风景点，有点惊心动魄的记忆并非坏事。

自然，走近了，苛求的东西也多了，不只是自然风光，其他也如此。

（2004年）

永远的金字塔

金字塔作为埃及古老文明的象征和荣耀，介绍它的文章已是汗牛充栋，去看过埃及金字塔的人也以亿计，上至国家政要、领袖，下至普通游客，去开罗，都会去看金字塔。所以，我站在金字塔下凝视过金字塔的雄伟，回到旅馆，还真不敢动笔写游记和感想呢。

金字塔作为文明的象征，不光是埃及的，也是世界的。这是每个稍具文明史常识的人都不会不知道的。而后来，继鲁迅之后的茅盾，在上个世纪60年代也曾多次来开罗，参加世界和平大会，也在金字塔前留影，我见过他老人家不少在金字塔前的照片，有在漫步的，有骑在骆驼背上的，也有与人合影的，十分传神，我对这些照片看过无数遍，在脑子里留下了极为深刻的印象。那时，茅盾是中华人民共和国的文化部长、世界和平大会的常任理事。出国开会是当时文化部长的主要任务之一。不过，在当时旁人看来，茅盾经常有机会出国，可以少参加国内政治运动，是好事。但对当事人茅盾来说，出国是件颇为烦恼的事，尽管有游金字塔这样的闲暇，估计仍然不轻松。

金字塔的历史悠久，已有4000多年，相当于中国的夏朝代。那么当时用堆土法垒成这样巨大的墓穴确实是空前绝后的伟大工程，所以当我们站在金字塔近处，顶着炎炎烈日，拿着照相机与金字塔一起拍照时，面对这样伟大的工程，脑子都无法思考了。远处的开罗城、尼罗河在炎炎烈日里悄无声息地沉默着，在金字塔的辉煌里，开罗古城和尼罗河无私地献出自己的名分和名声。因为，金字塔再伟大，必定是当时的开罗人喝着尼罗河的水才能肩扛泥土、喊着号子（当然不会是吭哟吭哟）去修筑金字塔。所以，从某种意义上讲，金字塔的伟大里面，应该有尼罗河和开罗的功劳，不这样看，有些不公平。

开罗金字塔

　　金字塔又是一种权力的象征，在开罗的国家博物馆（建造于1896至1901年）里，导游给我们介绍最多的是权力和公平问题，说过去法老（国王）的造像就常能体现这个理念，而金字塔同样是3800年前世袭制政治体制下法老权力的象征。在王权式微之前，这些法老总是设法维护王权，维护其统治地位，并希望一世、二世这样传下去。埃及的老政治家们也同样有这样的想法，并付诸实施——修筑金字塔。埃及这些老政治家都希望在自己的墓穴上来体现他的政绩，因而在古埃及的历史上，金字塔之多，为世界之最。

　　以前曾读过几部西方哲学史，对西方的历史发展规律有过一点了解，但对古埃及的繁荣和发展，没有到过埃及，确实难说了解了。因为像金字塔这样的伟大工程，其科技含量、其设计的准确和想象的丰富，令3000多年后的今人哪怕是专家，也惊叹不已，自叹不如！埃及还有许多地方的许多遗址上的古迹，至今仍只能作为一个谜。所以，站在金字塔边，无法去想象当年这工地上的人声鼎沸！采用人海战术将金字塔从底部一点一点地垒起来，从而产生了堆土法这样的有效解决问题的新方法。一个没有想象的民族是没有出息的民族。我认为古代埃及人的聪明才智主要在于想象力。博物馆保存的大量古代壁画、浮雕等，都充满了想象力。而且从这些珍贵的艺术品里，我还觉

金字塔与狮身像

金字塔下的人面狮身像

金字塔

得古埃及的社会秩序、纪律等方面还是十分严格的，绘画里一排排、整整齐齐的人物造型，本身就有纪律约束在里面，所以体现出来的人物相似性特强。同样，没有协同的动作很难将金字塔造成，因为它的设计十分合理和科学。由此看来，大凡给后人留点东西的时间段，都是在历朝历代繁华发展时期。中国也同样，秦朝的发展给后人留下了长城，唐代的繁荣给后人留下了无数诗篇等，都可作为佐证。

但是，历史悠久，从某一个角度看，是一种自豪，但换一种眼光看，换一个思路去想，恐怕也有另一层意思。历史悠久的负面效应是包袱，即过分自豪则会把过去的荣誉当作今天的光荣。如果这样，就会阻碍今天的发展。民间对悠久一词有个说法：老祖宗吃了几千年，所以把所有资源都吃光了。话虽然有些绝对，但不无道理。

这个道理就告诉我们，金字塔，后人希望它成为永远的金字塔，一百年、一千年乃至上万年之后，依然是世上游人瞻仰的所在！作为有远见的政治家、负责任的政治家乃至负责任的老百姓，都有应该为后人留一点资源、不要一下子消费掉的认识。让金字塔真正成为永远的金字塔。

（2004年）

卢克索印象

去埃及，不到卢克索等于没有到埃及。许多人都这么说。这次我在埃及，也深深体会到这层意思。

卢克索位于埃及中部的尼罗河畔——顺便说一下，埃及人休养生息都在尼罗河两岸，它是名副其实的母亲河，尼罗河流经的地方都是一片片绿洲。埃及古往今来都是这样，所以许多埃及古文明遗址，也都在尼罗河畔。我们在卢克索看到的古遗址同样和尼罗河密不可分。

汽车在尼罗河东岸行驶，又在西岸沿尼罗河北上，越过几个村庄后，拐弯进入戈壁滩山区，光秃秃的黄褐色的土地和山丘，让人有一种喘不过气来的感觉。我们是去参观古埃及法老的陵墓。这个地方，中文就叫帝王谷，是埋葬皇帝的山谷。这里墓穴很多，我们只看了三个，这三个墓穴基本上差不多，墓道很长。两边墓壁上或浮雕或彩绘，经历三千多年岁月依然栩栩如生、色彩鲜艳。三千多年前的埃及人的服饰、形态以及反映当时各种风俗的场景，都可以从这些壁画里寻到端倪。三千多年前埃及人的生活包括帝王生活的情景，尽在这些彩绘的画里。假如研究服饰，这些三千多年前的服饰，也许和今天的时装异曲同工。假如研究社会政治，三千多年前的埃及的政治状况，也可以从这些众多的绘画里得到一些启示，看出一些线索，比如人物群体的整齐可以看出当时纪律的严明，还可以看出当时人的图腾心理。总之，在我这个外行人看来，这些墓道里的壁画彩绘，假如分类研究，可以看出许多三千多年前埃及的状况。据说，挖一个皇家墓穴需要三到五年。因为尽是石头，一点一点地开掘，需要大量时间，还有传说当年建造墓穴的工人，全部被杀死。听到这个传说，我觉得世界上许多国家都有些相似，过去封建社会中国的皇帝不也是这样吗？同时，我在墓壁的彩绘中发现了不少整齐地跪着，但头已被砍掉的人物形象，猜想很可能是当年这些造墓人的自我写照，当然，这仅仅是猜想。

在尼罗河畔的农田里，有两尊古石像，史称哭泣的孟农神像。这两座石像，确实有些孤零零，而且长期在农田里，遭侵蚀风化的程度比在洞穴严重，因而呈现一副哭相与田野相伴，有点凄惨。不过，今天这孤零零的石像不远处，有武装人员手持钢枪为石像站岗。这个印象，在我们看来有些滑稽。

太阳强烈的光芒让我们急忙钻进车内，驱车去世界最大的神庙群——卢克索神庙。在那里，巨大的雕像和神柱让你目不暇接，而形态栩栩如生的各种神像，让你仿佛能谛听到从前的笑声，而巨大的石柱上的各式图案，让你可以触摸得到它的柔软。这样的文物，并不是一件两件，而是数以千万计，据说这些文物都有三千五百年以上的历史了，十分珍贵、极为罕见。

孟农神像

卢克索神庙遗址

埃及卢克索神庙遗存

卢克索神庙遗址上的方尖碑　　　　　　　　卢克索的金字塔

　　最让人惊叹的是两座方尖碑，几十米高的花岗岩方尖碑，竟是一整块花岗岩造成！当年如何采石、如何运输、如何竖立？一系列似普通但实质是高科技的课题，三千多年前的埃及人是如何解决的呢？连今天的科学家都很难解决的问题，三千多年前就解决了。真是奇迹中的奇迹。因而，有人说，人类已毁灭过好几次，过去文明已经达到顶峰，而今天的人类还没有达到。话虽然难听，想想也有些道理，古人的顺风耳、千里眼，不就是今天的电话电视吗？虽不可比，但也无法说清楚，古人的文明仅仅是想象吗？

（2004年）

亚历山大的海风

顶着高温烈日，蔚蓝的天空除了太阳，没有一丝云，连远处也没有一点云的踪迹。我们一早出发，沿着尼罗河边的高速公路——其实是一级公路，朝埃及的港口城市亚历山大驶去，路边的戈壁滩上不时出现一片片绿洲，导游说，这是因为在尼罗河边的缘故。

在没有到达亚历山大时，我们早已从中国的教科书上知道它的名字，并知道这是已有两千余年历史的古城，是一个世界航运的港口。所以原以为这个临地中海的城市，有着和法国尼斯一样漂亮的海滩，也有着漂亮的欧式建筑，碧蓝的海水尽是天然浴场；以为有地中海在旁边，街上鲜花、绿树都十分鲜艳地开着生长着。然而，当汽车开进亚历山大时，令我们大失所望，一幢紧挨着一幢陈旧肮脏的六七层的公寓起码已有二三十年的历史甚至更久，公寓房的阳台上挂满了各种衣物，十分零乱，而这些建在漂亮的地中海边的公寓房没有一块墙壁是干净清爽的，仿佛浸过脏水一般。街道设计倒不错，放射形的道路格局颇有欧洲风格，但街面上肮脏到不可想象。幸亏烈日曝晒，也少了许多污臭。否则不可设想。七零八落的店面、随地设摊的小贩，让人想到20世纪80年代中国曾经有过的场景。导游颇难为情地告诉我们说，这是亚历山大旧城，过了这一段，就是新城，新城很漂亮啊。但所谓的新城似乎房子稍微整齐一些，并无什么变化，我们期待的奇迹和美丽没有出现。

亚历山大城市虽然并不像其他地方美丽，但地中海的天然浴场以及湿润的海风倒让人着实惊叹。绵延几十千米的海滩，就在街道下边，几十千米的海滩上尽是不用花钱游泳的当地男女老少，初步估算有5000到8000人在海里游泳。密密麻麻的人，有的在礁石上钓鱼，有的在打水球，有的则在潜水，十分热闹。同时，地中海的海风也特别温柔，在树荫下，我们一边欣赏着海

亚历山大海边的城堡

滩奇观，一边享受着从海面上掠来的阵阵海风，十分惬意。

　　亚历山大还有一些古迹也值得一说，一是于1900年发现的地下陵墓，这个陵墓建于地下，当时建墓者也是诸侯一级的人物，本以为在地下可以不朽，并做了木乃伊的准备，可是因为亚历山大的地下水位颇高，不久便腐朽了。但巨大的墓穴里的浮雕、石棺等却完好地保存着。一百多年前，一个偶然的机会，当地居民发现了这个上千年的墓群，清理后逐渐成为亚历山大的一个景点，供游人参观。这样的陵墓全世界独一无二。还有一处，就是庞贝神柱，我们在一个貌不惊人的地方——可以说是一个居民住宅边上的高地上，寻到这尊闻名遐迩的圆柱。这圆柱也是世界奇迹，这个直径几米、高达几十米的圆形花岗岩石柱是怎么竖起来的？让人费解。不过，当地政府还是重视这庞贝神柱的，在石柱边上有两个手持冲锋枪的军人在树荫下保卫着这尊石柱，仿佛怕人偷去似的。但是我们环视这庞贝神柱，发现周围都是坑坑洼洼，十分脏乱，在这样脏乱差的环境里，竟然派人持枪守卫，让人有些发笑。

　　无论是在地中海的亚历山大灯塔遗址还是蒙塔扎皇宫花园里，让人感觉

亚历山大海边

最好的还是地中海的海风。这海风给我们留下了美好的印象。所以在回开罗的路上，脑子里仍是亚历山大的旧城和海风。

（2004年）

在撒哈拉沙漠边上

在开罗忙完公务之后,我们驱车前往撒哈拉沙漠边上的孟菲斯观光。一路上,尽是埃及农村风光,农舍都是凌乱地造在公路旁,有的农民穿着短裤自由自在地喝着茶,看着来来往往的汽车,有的在路边小店门口闲聊着,看样子还挺热烈。农村的不整洁很像中国沿海开放的山区公路边的景致,灰尘和小店成了天然的伙伴,看过去都是灰的商品堆在货架上,门口尽是垃圾,苍蝇乱舞。不过居住在这里的人们都习以为常了。与中国农村相像的还有埃及农村的那条小河。河水对埃及人,当然不仅对埃及人,对所有人包括动物,都是富有生命意义的。但在去孟菲斯路上的小河边,尽是生活垃圾,村庄边上更是各种垃圾成堆,幸亏埃及这地方干燥,干燥得连垃圾发臭的时间都没有,否则河水立刻发黑发臭。但是一路上的椰林却是去孟菲斯的路上的一道诱人的风景,成片成片的玉米地旁,便是大片椰林,而且一片连一片,这儿是我们在埃及这几天看到椰林最多的地方。看得出这一带地方是水草丰茂的,椰子树上结着一球一球的椰枣,有青的,有紫的,可惜车轮滚滚,我们无法停车下来去品尝这椰枣。

汽车穿过椰林,前方一座阶梯形的巨大的金字塔出现在我们面前,导游说,这就是有名的沙卡拉阶梯金字塔,是4000多年前的一个法老的墓葬。当时法老想炫耀自己,想方设法要与众不同,结果设计者给他设计出一个颇有特色的阶梯形的金字塔,在当时引起了轰动。史实如何,我没有考证,是导游说着生硬的中文告诉我们的。汽车停在一片沙砾的停车场上,阶梯形的金字塔和神庙遗址就在旁边。一下车,热浪滚滚,灼人的阳光让人无处躲藏,匆忙登高一望,原来这里已是撒哈拉沙漠的边缘了。往西远眺,无边无际的大沙漠起起伏伏,在强烈的阳光里仿佛生着火焰。不远处有几峰骆驼站立在

尼罗河（一）

尼罗河（二）

红海边的度假酒店外景（一）

红海边的度假酒店外景（二）

沙漠的高地上，看样子是专门让游客拍照和观光用的，但在这大太阳底下，我们连多看一眼的勇气都没有，哪敢骑骆驼欣赏！拍完照后我们赶快走进神庙的高大的石柱阴影里，休息几分钟，喘过一口气，看好一个角度，跑进阳光里，速拍几张，又奔回阴影处。站在神庙废墟上，沙漠里吹来的风，热得使人有些发疼，而且风很大。所以，望着这阶梯金字塔和巨大的神庙遗址上东倒西歪的石柱，让人感慨万千。这风这灼热和古埃及估计没有什么两样。阳光估计和4000多年前也没有什么区别。但当年风光一时的法老以及盛极一时的神庙，如今只剩下这些废墟了。这些铭刻当年记忆的石柱，今天也徒呼奈何。自然法则的无情，人生之渺小，在这撒哈拉大沙漠的边上的烈日里，真让人叹息！

　　看过阶梯金字塔下来，我们穿过茂密的椰林和湿润的村庄，驱车前往孟菲斯。孟菲斯这个漂亮的名字，在去之前，我只知道是一个古代的都城，因而想当然地认为这个地方肯定很大，而且古迹众多，和一些埃及其他的古文化遗址一样，残垣断壁，坑坑洼洼的到处是文物痕迹。可是五分钟不到，汽车就停了下来，导游催我们下车，说孟菲斯到了。我们一看这哪里像想象中的孟菲斯？简直像一个农村的空地，一些游客正朝着一所房子里走去，我们也跟了上去。这所建在农舍边上的房子原来是存放一尊法老石像的地方。开罗导游称之为博物馆，我们进去时，有几个其他国家的游客正在围着这尊仰躺着的石像拍照，一看这尊神态逼真但又双腿已断的石像，颇为震撼。据说这尊已4000多年的石像，后来因为尊重偶像还是尊重神的争论被后人敲断双腿，并湮没在历史的长河里，相隔多少世纪后，才又重见天日，被人们建馆供奉。从这个简单到只有一件文物的博物馆里出来后，场地上的几尊石像已经在空荡荡的烈日里等着我们去观赏，我们熬不过这烈日，拍完照后赶快躲进汽车里。在车内，我们听着导游对孟菲斯历史的叙说：4000多年前，这里是一个国都的所在地，十分繁华，后来尼罗河泛滥，淹没了这个地方，从此孟菲斯销声匿迹，在埃及人的心里只是一个历史的概念，后来出土了孟菲斯的大量古文物，使得人们对这个地方有了重新认识的机会，孟菲斯历史上的辉煌也再次让人们从这些文物里领略。然后,现在沧海桑田的孟菲斯所在地,早已变成肥沃的农田,椰林成片,小河横穿其间,农民早已习惯于在此日出而作、日落而息的恬静生活,不再去顾念历史的是非。听完导游的叙说,我们对孟菲斯的冷清感中多了一份历史的辉煌的认识,想象起4000多年前的孟菲斯的热闹,即使今天的孟菲斯是冷清的,也是值得并应该去的。

(2004年)

谒列宁墓

2006年7月30日上午,我到莫斯科后的第一件事是去瞻仰革命导师列宁墓。

我原以为不过是一个旅游性质的活动,走走看看,像看一个景点一样,到此一游。但我们一到红场外的入口处,立刻被红场外的那种气氛所感染,克里姆林宫红墙外的一片绿茵处,一座无名英雄烈士墓引来无数观光的人,墓前不灭的火,熊熊地燃烧着,两侧的卫兵庄严肃穆,毕恭毕敬地守卫着无名烈士墓,墓碑上刻着:"你的名字无人知晓,你的功绩永远长存。"我们知道,一般元首级外国领导人到莫斯科来,总要到无名英雄烈士墓敬献花圈,望着这一切,我们从心里献上我们的敬意!

我们一转身,发现去瞻仰列宁墓的已有上百人在排队等候。

列宁虽然已去世八十余年,但他的思想,他的人格,他对祖国、对人民的忠诚,永远活在人们心里!在我的记忆里,列宁不仅是伟大的导师,而且是位世界级的杰出的思想家,他的著作哺育了一代又一代中国共产党人,也影响了一代又一代中国共产党人,他对革命的认识,对革命的理解,曾给古老的中国极大的启发,让中国较快地进入现代社会行列。正如毛泽东所说,马克思列宁主义是中国共产党的指导思想,今天仍如此。因为中国共产党一如既往地高举马列主义的旗帜,从过去的胜利走向新的胜利,今后仍将高举,仍将从胜利走向胜利。

《列宁在1918》,是到莫斯科红场的每一个有一定阅历的中国人的共同记忆。列宁那形象、那智慧、那平易近人的领袖风采,几十年前就印进了我们的脑海中,留在我们的记忆深处。我们一直想象着真正的列宁该是怎么样的。影像先入为主的记忆,曾给我们留下了美好的回忆,亲切、朴素、睿智、雄

位于红场的列宁墓

辩，集智慧、无畏、正直于一身，这样的人产生出来的思想才能够成为我们中国共产党的指导思想，列宁和马克思一样，足以引领中国共产党走向未来。

经过安检，我们终于可以轻轻地走进红场，步上列宁陵寝的台阶，随着卫士们的示意和指点，一步一步走近列宁。

转过几个弯，我们怀着崇敬和激动的心情，见到了列宁。

列宁长眠在水晶棺材里，身上覆盖着苏联的国旗，他穿着西装，系着领带，脸和手都由特制的灯光照着，显得清晰而安详。在列宁的脸上胡须十分清晰，稀疏而略带花白，高高的额角及一双紧闭着的眼睛，整个列宁，和我们在电影里见到的那个活生生的列宁形象，似乎没有二致！

列宁生前见过的中国人并不多。瞿秋白是其中一个，据说列宁十分关心中国的革命，所以后来还有一些革命者见过列宁。列宁身后，在中国八十多年来也极少听到过有关于他的什么非议，用今天的话来说，列宁在中国的群众中口碑极好。

是啊，正因为如此，我们肃穆地站在列宁遗体旁，向列宁三鞠躬，表达我们的敬意。

列宁思想不朽，列宁也不朽，我们期待以后再见这位伟大的先驱，也期待再过百年，人们热情依旧，在7月的骄阳里排着长长的队伍去瞻仰列宁。

（2006年）

波罗的海的晚霞

波罗的海大酒店是个四星级酒店,坐落在圣彼得堡郊区波罗的海海边。吃过晚饭,海上凉风徐徐吹来,在迟迟不肯下山的太阳照耀下,波罗的海沐浴在金黄色的晚霞里,海面上波光粼粼,显得温馨而宁静。海面上有几艘扯着风帆的运动艇在训练,忽然其中一艘侧翻在海水里,但很快重新扯起风帆,又乘风破浪疾驰而去。一些海鸟也在晚霞里翱翔,一会儿展翅高飞,一会儿贴着海面又回来了。我们坐在海边的椅子上,沐浴着这一片晚霞,个个显得精神焕发。一些年轻游客还在海边踢球溜冰,充满活力,与西下的夕阳有些不协调。在鹅黄色的晚霞里,阵阵凉风的吹拂,让我们这些从高温里走来的人,真有些流连忘返。

波罗的海风光,尤其是晚霞的风光,无比美丽,无比宁静和惬意。

其实,整个儿圣彼得堡,见过的地方,也有和波罗的海同样的特点。

那天,我们一下火车,来不及去宾馆,便径直来到阿芙乐尔号巡洋舰边上,看看中国老百姓耳熟能详的"十月革命的一声炮响,给中国送来了马克思列宁主义"的"阿芙乐尔号"。初见这艘军舰,导游就说,其实这艘军舰并没有艺术作品中那样夸张得有威力,当初发的并不是炮火而是信号弹。因此原先的崇拜,来了个大转弯,"阿芙乐尔号"从我们心里的神坛,回到历史的真实里,觉得这种收获是无论如何想象不起来的,我们望着这艘九十年前风光一时的巡洋舰,感慨万千,这艘闻名遐迩的巡洋舰,现在竟貌不惊人地呈现在我们眼前,但是,尽管如此,这艘与十月革命历史紧密相关的军舰,它的神圣,依然永远矗立在我们心中。

圣彼得堡的阳光格外透,格外亮,也格外强烈,虽然我们穿着外衣,仍感受到因为环境的洁净而带来的阳光灿烂的威力。我们走在十二月党人广

2006年8月1日的冬宫

场，望着彼得大帝的青铜骑士像，望着伊萨基辅教堂圆柱上战争留下的痕迹，让人感到俄罗斯历史的辉煌，也让人感到有点黄昏的苍凉。在伊萨基辅教堂前的广场上，叫卖俄罗斯邮票的俄罗斯小贩缠上我们，不住地将苏联时期的大批邮票本掀开送到你的鼻子底下，让你看个仔细，靠说着"100""300"的汉语，让你欲走不能，无奈也有点喜欢，讨价还价，我花500元人民币，买了5本苏联时期的邮票，送给考察团成员，自己留一本，终于由于不喜欢集邮的缘故，最后连这一本在回国后也送人了事。

其实，苏联时期的邮票很有名。当时苏联是发行邮票大国，曾发行过许多著名的邮票，所以在圣彼得堡买点老邮票，实在也是有意义的事。

绕过伊萨基辅教堂，我们在十二月党人广场上徘徊，望着200多年前的雕塑——彼得大帝骑马像，想起普希金著名的叙事诗《青铜骑士》。这座青铜雕像，是1766年至1782年，女皇叶卡捷琳娜二世特聘法国雕塑家法尔科内雕塑的，骏马前足腾空，彼得大帝目视前方，充满信心，严厉而自豪。而马匹践踏着的蛇，代表着当时阻止彼得大帝改革维新的力量。几十年后，即1825

冬宫的大门

年12月，十二月党人在这里发动反对沙皇独裁统治的斗争，为纪念这次斗争，这个广场改为"十二月党人广场"。

穿过十二月党人广场，漫步在涅瓦河畔，远眺河畔风光，天高云淡，阿芙乐尔号的桅杆远远可辨，建造于18世纪的彼得保罗要塞，以及一些大学、能开能合的涅瓦河桥、涅瓦河两岸在阳光里显得宁静而繁华。从莫斯科过来的人，都觉得圣彼得堡之繁华，有一种现代气象，其实仔细看，圣彼得堡并无多少新的高楼大厦，只不过对旧建筑保护得像新楼一样罢了，所以觉得繁华。据说一到冬季，涅瓦河千里冰封，寒冷程度是我们这些中国南方人不可想象的，河面上可以开汽车！

在涅瓦河畔漫步，仿佛走进历史的博物馆，稍高大一些的建筑，年份都在上百年乃至几百年以上。后来我们坐上游览船，在涅瓦河里观光时，两岸尽是旧风貌，只不过在明媚的阳光下一点都不觉得旧而已。

观赏冬宫是游览圣彼得堡的核心项目，过去中国的教科书上，冬宫与十月革命连在一起，原来是沙皇专制政府的象征——事实上是沙皇的皇宫。而

圣彼得堡伊萨基辅教堂

十月革命又与中国共产党的创立和发展有着十分紧密的关系，因而稍有中国现代革命史知识的中国人恐怕都知道冬宫，其影响真可谓如雷贯耳。如今距离十月革命90周年之后的冬宫早已变成国立艾尔米塔日博物馆，成为全世界最大的博物馆之一。据资料介绍，冬宫由意大利著名建筑师拉斯特雷利设计，是18世纪中叶俄国巴洛克式建筑的杰出典范。它初建于1754至1762年，1837年被一场无情的大火吞没，1838至1839年重建。第二次世界大战时又遭破坏，战后修复。冬宫是一座三层建筑，长约230米，宽140米，高22米，呈封闭式长方形，占地9万平方米。建筑面积超过4.6万平方米。最初冬宫有1050个房间117个阶梯1856扇门1945个窗户，飞檐总长两千米。冬宫的四面都各有特色，面向广场的一面，中央稍突出，有三道拱形铁门，入口处有阿特拉斯巨神群像。宫殿四周有两排柱廊，雄伟壮观，宫殿装饰华丽，许多大厅用俄国宝石——孔雀石、碧玉、玛瑙制品装饰。1917年2月底前，冬宫一直是沙皇的皇宫，后来被资产阶级临时政府所占据，1917年11月7日起义群众攻下了冬宫。十月革命后，1922年建立艾尔米塔日博物馆，冬宫成为

夏宫

博物馆的一部分。

当我们看见那扇在电影里被群众推来搡去的冬宫大门时，一种大气和历史气息扑面而来，我们拿着现代数码相机，凝视着从电影里看到的熟悉的那扇大门，摁下快门，为90年前那场革命留下一个记忆。往日在电影里见到的镜头，现在就在眼前，一股沧桑感从门的每一块铸铁上涌起。

冬宫内陈列的文物大都是价值连城的稀世珍品，凡·高的绘画、米开朗琪罗的雕塑品、达·芬奇的油画，至于其他的珍品，更是琳琅满目。但这要归功于两百多年前的叶卡捷琳娜二世女皇，1764年，叶卡捷琳娜二世从柏林购进伦勃朗、鲁本斯等人的250幅绘画作品，存放在冬宫的艾尔米塔日。叶卡捷琳娜二世在位的34年间（1762至1796年），不停地收藏世界各国的各类艺术品，包括1.6万枚硬币与纪念章。她在位的头十年购置了约2000幅画，及至后来，皇家的财富越聚越多。冬宫艾尔米塔日博物馆现今已有270万件艺术品，包括1.5万幅绘画、1.2万件雕塑、60万幅线条画和100万枚硬币、奖章、纪念章以及22.4万件实用艺术品。

圣彼得堡的涅瓦河

其实这些数据是资料介绍的，作为仅仅一瞥的观光者，看到的绘画少之又少。但即使少之又少，也足以让你在冬宫里转得晕头转向，在三层的展厅里，第一层是古希腊古罗马文化艺术、东方文化艺术、古埃及文化以及珠宝馆。第二层是俄罗斯文化、15至18世纪的法国、西班牙、德国、英国、佛兰德、荷兰、意大利，以及中世纪的西欧文化展厅。第三层展出的是19世纪至20世纪初西欧国家艺术品及古钱币、中国艺术品，及近东、中东、拜占庭的艺术等等。我们在中国展馆欣赏时，许多敦煌的碎片和壁画、文徵明的中国画以及中国的许多瓷器在冬宫这个异国他乡保存着，心里涌起不知是喜还是悲的惆怅，在世界文明的发展过程中，许多事情都是难以言说的，更不能用好或不好来评价。因为有些事对当时人是痛苦的，对后人可能是好事，有些事当时看起来是欢欣鼓舞的，但若干年后回过头来看，也许是不堪回首。古今中外历史上的这类事太多了。

冬宫是座说不完看不完的地方，我们匆匆而进、匆匆而出，回到冬宫前的冬宫广场，环视四周，俄罗斯的气魄似乎全在这些无言的建筑里了。大气、和谐，连同高达47.5米为纪念战胜拿破仑而建的亚历山大纪念碑，让人充分感受到俄罗斯的风范!

  这风范,除了冬宫,夏宫给人的感受也同样十分强烈。那天,我们去夏宫时阳光灿烂,占地800公顷的夏宫掩映在芬兰湾的森林里,走在夏宫的绿荫小道上,一股凉爽和清新袭来,让人惬意的同时感到一种舒适。海水、森林、宫殿、喷泉完美和谐地糅合在一起,组成这夏宫。

  在我看来,夏宫可以称得上世界级的喷泉博物馆。大宫殿前被称作大瀑布的喷泉群,分左右两边,从七层台阶上奔流而下,很有气势。喷泉群由37座金色塑像、29座浅浮雕、150个小雕像、64个喷泉及两座梯形瀑布组成。下面是一个半圆形的水池,池中央是"掰开雄狮大嘴的参孙"的雕像,从狮子口喷出的水柱高达22米,是全宫最大的喷水柱,据说它象征着俄国在1700年到1721年北方战争中的胜利。夏宫里还有名目繁多的喷泉,如金字塔喷泉、太阳喷泉、棕树喷泉、小伞喷泉、罗马喷泉、亚当喷泉、夏娃喷泉,等等,还有当年彼得大帝专门戏弄大臣的喷泉。如你不慎踩中有传感器的卵石,水柱便会从四面八方喷射到你身上。还有一把坐上就会喷水的喷水椅,真可谓千奇百怪。

  我们站在芬兰湾海边,时近中午的阳光把芬兰湾的海面照得波光粼粼。我转身望着后面一大片森林和掩映在森林中的皇宫,心想:当年彼得大帝是否也常在这芬兰湾海边欣赏海景呢?我想也是会的,因为伟大人物也是人呀!

  去参观圣彼得堡值得一说的,还有在普希金城游览叶卡捷琳娜花园。在那里,我们走马观花,见到了著名的沉思中的普希金雕像,1811年12岁的普希金进入皇村中学读书,在这里度过六个年头。后来,即1831年普希金与妻子在皇村避暑,现今已将普希金避暑的别墅辟为普希金博物馆。普希金是俄国19世纪大文豪,也为我国读者所熟知,他的诗影响了20世纪不少中国人。

  圣彼得堡是漂亮的,它是一座俄罗斯民族文化深厚的城市,悠久的历史也让圣彼得堡变得更加深沉;它又是波罗的海的骄傲,当波罗的海的晚霞映满圣彼得堡的天空时,一种博大悠久的历史感立刻浸淫全身。

(2006年)

莫斯科印象

莫斯科海关工作人员的工作节奏似乎慢得有点过分，在一个不足一百平方米的大厅里，四五条转了弯的等待过海关的队伍把这个大厅挤得十分混乱，本来嘴巴不停的中国人，此时更加热闹。慢慢腾腾的签证官在平均五六分钟签一个的速度里还要时不时走出签证室，让后面等待签证的人更加心焦，甚至啪啪的盖章声都非常动听和美好，觉得是一种希望。几个同事见哪边排队短，就往哪条队伍上排队去，结果换来换去两个小时下来还是排在队伍的最后，两个小时后，终于走出这个空气混浊的签证大厅，大家重重地舒出一口气！

其实，莫斯科还是很漂亮的。作为世界第三大城市的莫斯科，人口1300万并不算多，但面积达1000平方千米却不能算小，15世纪至18世纪莫斯科一直是沙俄的首都，1712年，彼得一世迁都圣彼得堡，十月革命后，苏维埃政权于1918年3月又定都莫斯科。走进莫斯科仿佛走进森林里，整个莫斯科的街道和房子都掩映在森林之中。据说，莫斯科的街道上，几十亩上百亩的街心公园数以百计，大片大片的森林在莫斯科城市中间，我没有统计过，世界上哪一个国家首都有如此多的森林面积，巴黎？北京？可能很难找出相当的一个，莫斯科恐怕是世界第一吧。

当我们漫步在莫斯科红场时，一种历史的沧桑感浸淫全身。红场，我们中国人心目中伟大的革命圣地，20世纪前半叶中国人梦寐以求的追求真理的地方！然而当我们真真切切地置身在红场时，发现红场竟然并不大，面积只有9.1万平方米，是北京天安门广场的五分之一，四周都是有名的建筑物和古迹。红场的西侧是让万人景仰的列宁墓，由黑色长石和红色花岗岩建成。左右两侧和顶端，是每次红场举行重大活动的观礼台，站在观礼台上面，想象着重

莫斯科河

大活动时那种庄严、隆重、热烈的场面和观礼台上的嘉宾的自豪神态，每个嘉宾内心世界风起云涌地浮想联翩，充溢着一种胜利者或即将成为胜利者的激动。历史就是一代又一代的胜利者、失败者共同书写的往事。列宁静静地躺在水晶棺内，穿着西装系着领带，肤色、脸庞和我们在电影里见到的没有两样，在灯光下清晰而安详，依然亲切充满智慧。在通向墓穴的每一个拐弯处，都有卫兵站着，守护着列宁，守护着一种信仰，一种精神。

在列宁墓的后面与克里姆林宫红墙之间，有12块墓碑，下面安放着斯大林、勃列日涅夫、安德罗波夫、契尔年科、捷尔任斯基等苏联的政治家，在克里姆林宫的墙壁上，还安放了朱可夫元帅、列宁的妻子克鲁普斯卡娅、高尔基、加加林等苏联名人的骨灰。这些20世纪苏联历史的创造者、成功者每天目睹着来来往往的各色人等，看着这日新月异的变化，这些以民族、国家繁荣为己任的政治家肯定会含笑于九泉。

在红场的南面是有名的瓦西里升天大教堂，它是伊凡雷帝为了纪念1552年战胜喀山鞑靼军队而下令建造的。从外面看去，教堂风格别致，中间是一

克里姆林宫红场钟楼　　　　　　　奥斯特洛夫斯基墓

个金色洋葱头状的教堂冠，八个带有不同色彩和花纹的小圆顶错落有致地分布在它的周围，再配上九个金色洋葱头状的教堂顶，看上去十分美丽。据说伊凡雷帝为了让别处不再出现这样美丽的教堂，竟然下令弄瞎建筑师的双眼。

瓦西里升天大教堂的南面是瓦西里斜坡，1988年5月28日，一个年轻的德国人竟然驾驶一架轻型飞机降落在瓦西里斜坡，成为世界头号新闻。当我们站在瓦西里斜坡上拍照时，想起当时的情景，有些哑然失笑：一个堂堂苏联大国竟然会出现这样的事情？瓦西里斜坡也因此而名声大噪。

红场的东面是世界上著名的十大商场之一，它建成于1893年，我们走进这个大商场时，立刻被它的气势所震撼。我们不敢走得太久，一个多小时后便浅尝辄止退了出来。而红场北边的历史博物馆是要买票才能进去，许多俄国人正在排队，成为红场上的又一个亮点。

去莫斯科的另一吸引人之处是50多年来如雷贯耳的克里姆林宫，在没有到莫斯科时，以为克里姆林宫是一座宫殿，是一个建筑。其实不然，克里姆林宫是一个建筑群，有"世界第八奇景"的说法，现在外面看到的红墙是500

年前修造的，全长 2253 米。其中醒目的克里姆林宫红场钟楼，高耸在克里姆林宫的红墙一角，过去我在书里常常看见有人写到这钟楼的钟声如何如何，我们想象得十分美好，希望能听到这优雅旷远的钟声。据说这钟楼高达 67 米多。走在克里姆林宫的大道上，仿佛走在一座园林里，葱茏的树林和俄罗斯中央政府的办公大楼相映成辉，路边的议会大厦已经成为普通百姓欣赏高水平演出的地方。再走到前面，就会有人指给你看闻名遐迩的钟王和炮王，不过这钟王和炮王都是摆摆样子。钟王旁边的伊万大帝钟楼高达 81 米，楼内悬挂着十几个大小不一的古钟，每当敲打时，声音传得很远很远，当年住在附近的莫斯科中山大学的中国学生们就是听着这钟声思考着中国革命的未来的。其他如天使报喜教堂以及过去王室成员居住的地方，至今想来，其中发生的故事肯定可以编几十卷，假如克里姆林宫里面空无一人，让你去住在里面，肯定吓掉魂灵！就是到今天，克里姆林宫给我的感觉还就是这样一个神秘的地方。

从克里姆林宫出来，我们看到旁边的莫斯科河，便对陪同我们的小江说，能否安排我们游览一下莫斯科河。她联系后同意安排我们游览莫斯科河。但是她先陪同我们去寻访中山大学旧址，在莫斯科大教堂对面的树林里，我们找到了中山大学的旧址，房子还在，里面有一个研究所占着，不让我们进去看，我们只好在旧址外面拍些照片。此时，我真想给俄罗斯的领导提个建议，将中山大学的旧址保护起来，我想将来的中俄关系史上会记得 20 世纪 20 年代那个峥嵘岁月的，记得那些在中山大学探索中国革命真理的年轻人的。

从中山大学旧址出来，本来是可以回宾馆休息，但莫斯科的 7 月底，白天很长，晚上近 10 点天才慢慢地暗下来。因此，在莫斯科街头游荡，不如去游览一下莫斯科河。莫斯科河是莫斯科市的一条母亲河，蜿蜒曲折地流过克里姆林宫，流过红场，流过麻雀山，凡是有关莫斯科的画面上，都无法绕开莫斯科河。我们在离莫斯科大教堂不远的游轮码头买票上船。

莫斯科河是名副其实的母亲河，莫斯科的城市名称也源于这条河。它全长 502 千米，流经市区的约有 80 千米，河宽一般在 200 米左右，最宽处在 1

克里姆林宫的炮王

千米以上。冬季封冻，夏季则是通航季节，我们来莫斯科正好赶上可以在河里游览的季节。

　　午后的阳光被厚厚的层云所遮挡，没有了直射的阳光，莫斯科河变得宁静起来。船在缓缓地前行，两岸的建筑和景色也在不断地变化着。两个小时下来我们恢复了精力——不停地走了一天，在船里坐着观赏，也看到了在街道上看不到的风景，觉得花四五百元人民币是值得的。

　　莫斯科这地方，历史上遗留的东西不少，但对20世纪中国人来说颇为熟悉的东西却很少，比如一战、二战时期的遗迹。莫斯科大学是因为中国领袖毛泽东在接见留学生时那次著名讲话而为中国人所熟知的，毛泽东满面春风地对年轻学生们说："世界是你们的，也是我们的，归根结底，世界是你们的。你们朝气蓬勃，好像早上八九点钟的太阳，希望寄托在你们身上。"所以，遥想半个世纪前，这情景是何等的意气风发！我们站在莫斯科大学主楼前空旷的草地旁，两边的树木挺拔而茂盛，这些不懂意识形态的松树，想必也目睹毛泽东走出莫斯科大学大门时那种风度和神态。莫斯科大学所在的列宁山，

瓦西里斜坡和圣母升天教堂

已在20世纪末改为麻雀山，所以，20世纪的历史仿佛已在人们的记忆里慢慢消失了。站在麻雀山上，真感叹世事变化太大。

　　第二天我们去看名人墓，天下着淅淅沥沥的小雨，连我们的心情也湿漉漉的，我们怀着对历史的虔诚一脚干一脚湿地走进冷冷清清的名人墓园时，忽然发现，这名人墓，埋下的竟然是俄罗斯整个20世纪的历史！上千个名人墓地构成一部20世纪苏联政治、文化史。在莫斯科其他地方看不到的20世纪历史痕迹，原来都在这里了。名人墓又叫新处女公墓，位于新处女修道院内。新处女修道院是16至17世纪的俄罗斯经典建筑，一些皇室和名门之女曾在此修行。彼得大帝一世的姐姐索菲娅公主和他的第一任妻子叶夫多基娅洛普欣娜都曾被幽禁在这修道院内，索菲娅公主因在此常常见到被处死的挂在树上的心腹的尸体而发疯！可见这新处女修道院是个悲剧之地。我们撑着雨伞，望着破旧又紧闭的修道院门楼，感觉有些阴森。

　　名人墓是名人身后的栖息之所，十分破落，没有人站岗，水泥路也很不平整，有些墓地似乎多年不整理，枯枝败叶横七竖八地堆在墓碑前，杂草丛

莫斯科大学

生。有些虽有人来探望过，但塑料花丢在一旁，上面全是泥浆。我们来到墓园一角的王明的墓前，这位曾挥斥方遒的人物，已长眠在异国他乡的几个平方米的土地上。我们站在这位风云人物的墓前，望着墓碑上王明的照片，默默地祝愿他在异国他乡安息。在王明墓不远处，埋着王明夫人孟庆树，这位当年也是风云人物的女性，只留下墓碑上的一张中年时期的照片。整个名人墓园里，只有王明夫妇是中国人。

名人墓园的许多名人都是中国人所熟知的，如《钢铁是怎样炼成的》的作者奥斯特洛夫斯基，卫国战争英雄卓娅和舒拉以及他们伟大的母亲，著名的芭蕾舞演员乌兰诺娃，以及果戈理、契诃夫、马雅可夫斯基、赫鲁晓夫，等等。苏联前总统戈尔巴乔夫的夫人赖莎的墓也静静地躺在名人墓园围墙的一角，没有特别豪华、特别气派。

名人墓园里，埋的恐怕都是历史，当我们走出名人墓园时，天气放晴了。我们的思绪也从历史的阴雨里飞出来，回到莫斯科的现实。此时，我们对世界的前世今生，真有些说不清道不明的感觉。

莫斯科的马路上，破旧的拉达车满街都是，记得我们刚到莫斯科的那天晚上，就听到一个顺口溜，即莫斯科是"拉达满街走，干活是老头，大雪盖青草，住的筒子楼"。据说俄罗斯人非常讲究生活情调，尽管生活不富裕，收入不高，失业严重，但度假是一定要有的。节假日人们一定要到莫斯科郊外的小木屋别墅里度假。所以，无论是在莫斯科古老的地铁里，还是1995年新造的胜利广场，让人深深感受到俄罗斯文化的大气的同时，也感受到俄罗斯的古老，什么时候马路上跑的汽车变成世界品牌高档轿车了，那么，时代的欣欣向荣会让这个老大哥焕发出青春。

（2006年）

寻访莫斯科中山大学旧址

我埋在内心深处多年的一个夙愿，就是希望有机会去莫斯科访问时亲眼看看国共合作时所创办的莫斯科中山大学旧址。几年前，北京一位朋友去莫斯科访问，我专门托他寻访中山大学并拍几张照片来，后来的结果是想象得到的，或许那位朋友早忘此事，或许就是无踪影无处寻觅。这次到莫斯科访问，我就将此事放上考察的议事日程——寻访中山大学旧址。

中山大学旧址位于莫斯科河西岸，在一条名为伏尔洪卡大街的16号。我将此信息写好后交导游江小姐，江小姐很重视，她立刻与富有经验的老导游联系，一问，果然老导游知道过去有这么一个中山大学，因为他曾碰到有人向他打听过，但他没有去过。江小姐又让本地一位司机先去帮助寻找，经过几个小时的寻找，终于有了眉目，江小姐就让我们坐车去寻找中山大学旧址。

80年了，这条街还叫伏尔洪卡大街吗？仍是16号吗？四层楼的教育楼仍在吗？楼前那片树林还在吗？我猜测着。我们找到伏尔洪卡大街，那街名还在，但面貌早已焕然一新了，在靠近莫斯科河一边，基督教救世主大教堂庄严而高雅，这是1995年1月7日至1997年9月建成的。这是叶利钦时代修建的一个非常壮观的教堂，洋葱头顶的金顶在下午的阳光里金碧辉煌。这个大教堂最早于1812年为纪念打败拿破仑而建造，历时50年，当年中山大学兴旺时，这座被中国学生称为莫斯科大教堂的建筑还在，1931年12月5日，莫斯科大教堂被反宗教狂热人士所炸毁。一直到20世纪90年代才重建。现在伏尔洪卡大街上已是车水马龙，十分繁华。沿着这条路，找到当年16号的地方。这里有一大片树林，树林后面是一幢四层楼的洋房，啊，这幢楼还在！似乎不久前刚刚粉刷一新，仿佛又焕发出它往日的雄姿！在中山大学的这幢教育大楼前，让人浮想联翩。80年前的那个新生报到的日子，王稼祥、

莫斯科中山大学旧址旁的树林

张琴秋、王明、蒋经国等一大批共产党年轻人和国民党年轻人携手共同走进这幢房子，在里面苦读马克思、列宁的书，在里面学习斯大林的著作，学习政治、经济以及各种军事技能，比如出操、修理武器，等等。年轻人不再单纯，中国革命的精英在这里想象着中国革命的进程，憧憬着中国革命胜利后的那种喜悦，踌躇满志，个个都可以指点江山，个个都可以激扬文字。

1927年的4月里，中国发生政变，蒋介石上台，中山大学沸腾了，声讨声就在这树林边的教育楼里响个通宵。年轻的蒋介石的儿子蒋经国跳上讲台，慷慨激昂，声讨父亲，蒋经国带头高呼打倒蒋介石，并发表声明，脱离父子关系，与反革命父亲一刀两断。当年，中山大学的这所房子里，年轻的革命者流下痛心的眼泪！

不久，学校里分化了，辩论，讨论，斗争，没完没了，似乎在预演中国40年后的"文化大革命"。二十八个半布尔什维克的冤案、江浙同乡会的冤案，都在这些年轻人中间轮番上演，教务派与支部派的斗争此起彼伏。

曾经，斯大林披着黑色风衣，从克里姆林宫的树林里走来，走进中山大学。沈泽民等为他翻译，他讲了许多革命道理，讲了中国革命以及他自己的看法，斯大林的口才征服了中山大学每一个学生。斯大林的报告，让80年前的中山大学学生稳定了情绪。

学生年轻，校长也年轻，苏联人米夫颇有心机，斯大林来讲话不久，米夫便蹿升为中山大学校长，此时他还不到30岁。

历史的故事，从眼前这幢小楼里，可以讲出很多，它的故事可远远不止这些，还有政治故事、生活故事、爱情故事。

（2006年）

秋天的节奏

自20世纪90年代以来，捷克这个国家，连同整个东欧，我们感觉似乎有些遥远，有些隔膜。因此，从圣彼得堡上飞机时，心中有些忐忑，捷克究竟是一副什么模样？参观俄罗斯的感觉会不会在捷克重新出现？心中没有底气。

捷克的首都布拉格是我们去那儿的主要公务目的地，而布拉格，首先是从20世纪60年代的"布拉格之春"事件的一知半解中知道的．一个要求民主改革的人民改革运动在捷克出现，震动了以苏联为首的华约集团，整个儿冲击着以苏联为核心的共产主义世界，冲击着当时的社会主义阵营，后来，苏联将坦克开进布拉格的广场，武装入侵捷克，从而震惊了世界。

布拉格究竟是一个怎样的地方啊？对布拉格历史一知半解的我们急切地希望看到布拉格的真面目！

正在想象着心中的布拉格时，飞机已经在下降了，从圣彼得堡到布拉格的直线距离并不遥远，不到两个小时我们就降落在布拉格机场。从飞机上下来时，布拉格正下着大雨。机场的通关速度非常快，与俄罗斯那种情形简直就是天壤之别，一会儿工夫，我们一行已经坐进来迎接我们的韩松先生的汽车里了。

布拉格漂亮极了。一百多万的人口，生活在如画的低矮的七座山丘上。伏尔塔瓦河蜿蜒曲折，穿行在青山古城之间，重重叠叠的古建筑依山而建，远远看去，就是一幅极有层次的西洋画。正在遐想时，汽车驶进似乎处在斜坡上的布拉格古城。窄而整洁的街道和我们经历过的西欧没有两样。韩松指着街道两旁的老房子说，这些房子在20世纪90年代都发还给房子原主人的后人了。这些房子发还后，因这些继承者大多在国外，所以少有人来住，有

见证过布拉格民主运动的阳台

些已出租，有些不出租的，继承者只有时来度假小住。

这情景，对韩松先生来说，好像在说一件路边水果摊往事那样无意识，而对我们来说，就会立刻想得更多。当晚，我们就在这已变样的美丽的布拉格休息。

第二天，我们去参加公务活动时听到一个惊人的消息，捷克政府用一美元的租金，将一个捷克电台租给美国之音，不知是否确切。我们的车子路过这个由美国人掌握的电台时，觉得多少还有些不适应。

下午，多云的天气让我们感到布拉格的空气格外清新。当我们走过布拉格广场时，韩松先生告诉我们，1989年秋天，整个捷克在动荡，在分裂，几十万人静坐在我们走过的广场上，要为20世纪60年代的"布拉格之春"平反。韩先生还指着连着广场的一条街道说，1968年苏联的坦克就是从这条街道上开进广场，镇压示威群众的。我们沿着这条既像街又像广场的道路往老城走去时，韩先生又指着左边一个四层楼上的貌不惊人的阳台说，当年在为"布拉格之春"平反的运动中，捷克的一个精神领袖就在这个阳台上，向广场上几

捷克布拉格老城广场自鸣钟

十万示威者发表著名的演说，说他们忍耐了二十多年了，他们要自由，他们要民主。如今，阳台依然，人早已不在，望着这个阳台，让人想象得到当时那壮烈的场面。

在拥挤而古老的布拉格老城，几百年的建筑完好，据说，捷克这个国家很有意思，历史上一遇到外敌入侵，当权者立刻举手投降，不做任何抵抗。因此使得布拉格的建筑免受战火摧毁，得以保全。这个历史现象，让人无论如何理解不了，怎么可以这样面对外国侵略呢？

但正因为有这样匪夷所思的历史现象，今天我们还能走在布拉格老城区狭窄的而充满历史气息的街道上，还能看到宗教改革家杨·胡斯的雕像，看到400多年前的自鸣钟。尤其这个建于16世纪的钟，让人看到历史的辉煌。钟由三部分组成，即圣徒雕像、钟盘、年历。每到正点时，钟的左侧象征时光消逝的小鬼首先拉响铃铛并不断点头，而钟右侧的土耳其人不断摇头，象征始终不愿投降。钟右侧有两个寓意虚度时光的人物塑像，不断摇头，象征未享尽人间富贵，不愿离开人世。同时钟上部的12个圣徒在打开的天窗后相继出

伏尔塔瓦河

现，当最后一个圣徒走过并把天窗关上时，天窗上面的金鸡先扇动两翼后啼鸣，宣告报时结束。钟的中间部分为钟盘，根据中世纪地球为宇宙中心论制作，标明太阳和月球的运动。钟的最下部分是12个镶有圆框的组画，描写一年12个月农村耕作的情景。年历两侧还装饰佩有宝剑、短杖和盾牌的天使及3个象征公正掌管城市的市民。

那天下午4点钟，我们听到了这个自鸣钟的钟声以及金鸡的啼鸣，此时，布拉格正下着小雨，空气湿润而清凉，带着秋雨的味道。这个老城区及广场，游人如织，欧洲人及日本人居多，大家都想来一睹这世界文化遗产。

布拉格的秋天是金色世界，据说，一到深秋，在秋阳的照耀下，山丘上的树叶全部变成金黄色，晶莹剔透，所以有"金色布拉格"之美称。可是，我们来到布拉格时，还没能见到这般美丽的景色，不过，对我们这些初到者来说，布拉格一年四季都是美的。

从老城广场出来，我们去查理桥。

查理桥横跨在伏尔塔瓦河上，始建于1357年，1400年竣工。由于此桥按照罗马帝国皇帝兼捷克国王查理四世之命而建，因此被称为查理桥。查理桥是捷克现存最大的古桥，也是连接布拉格老城、小城和布拉格城堡的交通要道。桥长520米，宽10米，有16座桥墩，桥面为砖石所砌。查理桥以罗马天使为样板，是典型的哥特式建桥艺术与巴洛克雕塑艺术的完美结合，具有独特的建筑风格。查理桥的一端入口处耸立着查理四世的全身雕像，两侧是带有巴洛克浮雕的哥特式门楼。桥两侧石栏上有30座雕像，为天主教圣徒和保护神，造型有女神、武士、人面兽身和兽面人身像等。现在布拉格虽有15座桥横跨伏尔塔瓦河，但查理桥以其悠久的历史和独特的建筑艺术仍居其首，为捷克最负盛名的古迹之一。漫步在查理桥上，我们仿佛不是走在21世纪的桥上，而是走进600年前的历史里，感受到桥上的每一件文物都有生命，都可与之对话，都可以向你诉说岁月的沧桑。可惜不懂捷克语，我们的领悟只能通过眼睛来交流。伏尔塔瓦河，从远处山峦里奔来，流经查理桥，带着游人寻古的目光，流向远方。

一直陪同我们的韩松先生告诉说，卡夫卡的故居就在布拉格，在总统府后面的黄金街22号。我一听，趁天色尚早，赶快驱车前往。本来，看卡夫卡故居之前，可以观看捷克最大教堂，可以看总统府，结果，进教堂大门，就让神职人员莫名其妙拦在门口，不让进去，说是下班了，过开放时间了。总统府更是大门紧闭，似乎也下班了。而到了黄金街22号，更是让人失望，这卡夫卡先生怎么住在这样一个矮土坯房里呢？简直就是贫民窟！所以很有些怀疑。拍过照片之后，我进去看了一下，确实是卡夫卡故居，里面的纪念品及卡夫卡作品堆满这窄小的土屋。看来，作家成就大小与生活条件无关；作品是否伟大与地位与权位更没有什么关系了。卡夫卡简陋的住所，更坚定了我们这个看法。

第二天，我们离开了说不尽的布拉格，去120千米外的温泉城卡罗维发利，这是一个闻名世界的小镇。1349年罗马帝国皇帝查理四世在狩猎时在此发现温泉并建立温泉城，到16世纪，卡罗维发利小镇已经成为一个著名的温泉疗养地。经过几百年的经营，卡罗维发利不光是个温泉城，而且还是一

捷克卡罗维发利小镇（一）

捷克卡罗维发利小镇（二）

个举行国际电影节的小镇，因而也是一个极富文化内涵的小镇。我们慕名前往，一路上，山峦起伏，森林成片成片地远远近近地铺展着，啤酒花和向日葵也成片成片地生长在这平缓铺展的山峦之间，在蓝天白云的映衬下让人赏心悦目。

我们盘旋在山区，经过两个多小时的行驶，忽然看见一个古色古香的小镇从半山腰一直伸到山沟的沟底，导游韩松先生说："到了。"我们下榻的旅馆正好在半山腰上，可以看到整个位于山坳里的卡罗维发利小镇，在山坳的出口处，远远望去，这是一个充满现代化气息的新兴产区，据说这里生产的陶瓷、玻璃在捷克还颇有名气。

安顿好住处，我们立刻去温泉城。从半山腰走下去，不到几分钟，就到了温泉城街头了。据说小镇上已被开发了12眼泉水，水温由41.2摄氏度到72.0摄氏度不等，梯次开发，颇有意思。那个温度颇高的温泉位于室内，五六米高的喷水柱呈阵发性，仿佛是用机械或电脑控制一般，韩松先生见我们有疑问，便说，这是一种纯天然现象。许多游客在喷泉前面拍照留念，虽是夏天，这山沟里的气温并不高，因而温泉喷出来时仍带着一股热气，一股淡淡的硫黄气味弥漫在这个卡罗维发利最大的温泉周围。

沿着老街往山口走去，一条清溪傍着老街也往山下急速流去，望着清澈的溪水，仿佛感到不是在国外，而是在江南某个绿水青山的小镇上，这山泉叮咚，很有些亲切感。在老街边上，许多建筑都曾经历上百年的风雨；尤其有趣的是每隔几十米就有一股温泉在喷发，而温泉边上总是围着不少男男女女的游客，用当地出产的温泉壶灌温泉水。据介绍，这些温泉可以治病，所以老街边上的小商店里的精致、造型各异的温泉壶十分畅销。

在老街与小溪边走了个把小时，在一幢据说是20世纪六七十年代建造的半山腰大楼边的温泉泳池，我们跳进去泡了一小时，但也许是水量太大的缘故，这个温泉泳池全然没有温泉的感觉，连硫黄气息也没有，我们权当这个温泉池是一般游泳池。在那里，我想：全世界温泉哪里最好？恐怕日本的箱根、热海、北海道应当是最有竞争力的。

捷克卡罗维发利小镇（三）

捷克卡罗维发利小镇（四）

位于布拉格黄金街的卡夫卡故居

　　傍晚，卡罗维发利小镇下起雨来，顿时，山上山下，远远望去，白云在山上那些尖顶的别墅间飘移，似仙境如梦幻，西下的夕阳让雨天里的卡罗维发利天空多了一抹彩霞。此时站在卡罗维发利小镇半山腰的旅店阳台上，才真正觉得它的美。

　　正当我们渐渐与卡罗维发利有点感情，觉得它确实漂亮时，我们却要离开了，去捷克啤酒发源地比尔森观光。

　　我们离开卡罗维发利没有多远，就到了比尔森市，这个城市在捷克也算是第四大，但人口却只有16万，比我们的一个县城还少。比尔森的啤酒制造很有名，比尔森啤酒是世界著名品牌，700年前这里就开始生产啤酒。在比尔森，我们去参观啤酒博物馆，参观市政府以及老街，觉得人特少，觉得整个比尔森市都冷冷清清，只有在比尔森的教堂里，因为是礼拜天，特别热闹，人挤得满满的。比尔森和捷克其他地方一样，弥漫着秋天收获的气息，阳光明媚，郊外一片收获的景象，甚至连捷克人走路的节奏，也像是秋天的节奏，显得自信、坚实和喜悦。

我们也被捷克这秋天的节奏所感染着,回国多时,依然回味无穷。

(2006年)

05

印度印象

在印度的那些天，尽管时间不长，但所见所闻感慨很多，这个具有几千年历史的文明古国进入21世纪竟然处处能够表现出古代文明和现代文明相融合的气息。

我们路过新德里的印度门时，雄伟的印度门高高地耸立在广场中间，不远处是印度总统府和政府机关的方方正正的建筑，远远看去，因为建在高地上，让人仰视，显得更加庄重，同时又仿佛在茂密的森林里，透出现代文明的气息。然而，让我们感到惊讶的是，新德里整个城市都掩映在森林里，所不同的是，新德里的这些树木并没有像其他城市那样，种的都是千篇一律的景观树，而且没有一点天性，修整得整整齐齐，像一个模子里印出来的一样，漂亮但并不美。新德里的树木除了几棵路边的树是有意栽种的外，不少是任其自然生长起来的，大大小小、长长短短、各式各样的树种凭借印度得天独厚的自然条件，把新德里装扮得像个充分自由的植物园，各种各样的树种都可以在新德里自由自在生长。这种感觉，并不是一开始就有，刚刚看到印度门附近的这些七长八短的树木时，很不习惯，认为太没有章法了，一片混乱，然而当我们走下汽车走进那看起来七零八落的森林，却发现树木的天性在印度这个土地上得到自由自在的成长。无论是高达二三十米的参天大树还是高仅及人的小树，无论是阔叶高大的广玉兰还是叫不出名字却显得很优雅的小树，无论是开花的还是没有开花的，都在温润的土地上生长，无忧无虑。想象中，谁都不担心这些树木因为要整齐而被砍伐。印度门边上的草地有点像农村的菜地，一片一片的已经打理过的杂草躺在那里，没有人理睬，也没有人收拾运走，鸟儿一会儿在树上、一会儿在天上飞来飞去，一切自自然然。我们从开始的不习惯到有点羡慕印度的那些花花草草和树木了。后来我们在去安哥拉的途中，见到印度农村风光，就习惯和自然了。同样，印度农村的生态，在肥沃的土地上，庄稼无论是瓜果还是水稻，仿佛始终在生长过程中，蓬蓬勃勃，让人感觉到一种生命的力量，而农村房前屋后的树木也同样参差不齐地生长着，无论高贵低贱，所有树木的生命在印度的农村里是一样珍贵的，一样得到印度人民的尊重。想到这里，我们很感慨，一个民族的生存与发展，所依赖的是我们日常接触的天地之间的自然生态，这些自然生态为我们民族的生生不息提供生存发展所需要的东西，如果自然生态的发展受到破坏、自然的多样性受到影响，自然生态的平衡就会出现问题，从而民族的发展同样受到制约。世界上自20世纪以来的大大小小的自然灾害，都是人与自然不和谐造成的，说得明白一些，是人类对自然敬畏不够。所以，那些在所谓文明发达国家的人看起来有些乱的花花草草、森林树木，恰恰是印度人民对自然敬畏的结果。

  印度的街道上、公园里，常常能够看到一些牛在悠闲地吃草，甚至有的牛在国道上闭目养神，有的甚至几头牛大大小小地在一起玩，旁若无人，十分可爱。你别以为这些画面是在农村里或者在乡村的小集镇上，其实是在印度的首都新德里——一个与国际紧密相连的大都市里，还有在安哥拉或是在孟买，这种画面是一种常见的现象。在印度农村里，我们见到的不光牛是这个样子，而且羊呀猪呀等都在农村的道路上、田野里、房前屋后跑来跑去，活蹦乱跳的。看到这时还有些不太习惯，熟悉印度风俗习惯的朋友告诉说，有些因为宗教的原因，有些是习惯，所以印度农村里养的这些羊、猪等都是不圈养的，因此这些牛、羊等动物世世代代都在肥沃的田野里活蹦乱跳地生活着，和当年泰戈尔作品里所透出来的森林气息一样。这些生灵闻着森林气息，啃着鲜嫩的青草，在长满水草的小河里喝着潺潺流水——这些水都是田野里的树上草上以及大片大片沼泽里满溢过来的，小河很平静，井水也很平静，动物们常常呼朋唤友，在这些水草丰盈的环境里，快乐得时常连回家的路都找不到。我们在印度农村的路边歇息，望着远远近近的田野里，牛也好羊也好以及猪呀鸡呀狗呀，都相安无事地在田野的边上，或走或息，或在吃草，或在踩水，有的干脆待在水里享受着凉快。在村庄、田野、蓝天、白云映衬下，让人无限遐想。我们不知道动物们世世代代在这样的天底下生活，是否应该感谢人类，感谢人类对它们的敬畏和眷顾？其实，人与自然的和谐相处同样也包括了与动物生灵的和谐相处，每个生物链都是与人类息息相关的，一个生物链上的某一种生物的消失，直接或间接地影响着人类的发展，也直接间接地影响着某一个生物链的延续，即使自然界此消彼长的发展也是有它的规律的，生物的多样性才有了地球的丰富和繁茂。印度动物的那种自由、散漫，还有它们可以随便去都市里看看的特权，可以在国道上随便睡两三个小时的自由，恐怕整个地球都找不到第二个了。

印度是个自然条件良好的国家，恒河流域水丰草茂，空气中弥漫着来自草地和森林的气息，潮湿中带着树叶的清香，还带点青草在水和阳光的作用下挥发出来的让人充满想象的味道。离开印度回国已经有些时日，但是一闻到那些相似的气味，脑海里就会浮现出访问印度时所见过的画面，久久挥之不去，印象十分深刻。

（2009年）

欧洲云，亚洲雨

在土耳其伊斯坦布尔访问时最大的感受，是它的特殊的地理位置——横跨欧洲与亚洲，这种特殊的地理概念，让去过伊斯坦布尔的人感到回味无穷，尤其是亲眼见证欧亚两洲的云和雨，格外使人印象深刻。

这个据说今天已经有1500多万人口的城市，分布在几百平方千米的平缓起伏的山峦上，一望无际，错落有致，感觉不出有多少喧闹；伊斯坦布尔海峡的海面上，风平浪静，几艘海轮停泊在那里，点缀着这平静的海面，远远望去，仿佛是伊斯坦布尔海面上的音符，缀在蓝天白云和平静的海面上，让人有一种期待，期待从海面上飘来白云的同时也飘来动人的音乐。

我们的汽车沿着伊斯坦布尔古老的城墙下面的公路徐徐而行。我们一边看着大海一边望着古老的城墙，脑海里不断浮现出几百年前的情景，想象着这个城市当年是何等样的彪悍。这个地区的各个民族是怎样的生活，伊斯坦布尔的天和海是否和现在一样，伊斯坦布尔海峡的宽度和长度是否和现在一样，也是长达30多千米，最宽处达2400米，当时的人们站在海峡边上望着对面的山岚是否也在想：什么时候欧洲和亚洲成为一个城市成为可以随意走动的一个地方？海峡的天然屏障，既成为沟通黑海和地中海的快捷通道，也成为很久以前两个洲互不往来的分界线。正想着，汽车已经稳稳当当地驶上欧亚大桥，一会儿，导游穆先生指着大桥上面的一块广告牌，说上面写着"亚洲欢迎你！"大桥很快过去了，亚洲也就在我们汽车飞转的轮胎之下了，街道两边依然是欧洲风格的建筑，高高的尖顶，长长的窗户，满眼的欧洲风情让我们感觉不到已经到了亚洲，自然我们也没有这么刻意要分出这个欧洲那个亚洲的每一寸的区别，既没有这么矫情，也没有那么多时间可以看很多地方。所以，当我们沉浸在任其自然的状态中时，汽车已经在上山的小路上了，上坡的路并不陡，是个缓坡。山上的松树看上去很粗壮，枝繁叶茂，清清爽爽，没有灰尘布满的感觉。山上的别墅连同那些松树间的小路，十分协调地铺展在山坡上。导游告诉我们，这里以前是高级红灯区，有钱人常常来这里寻欢作乐，前些年政府把它清理了，所以现在干净整洁了，让这个旅游胜地能够吸引更多的游客来这里观光。走上山顶公园，一面巨大的土耳其国旗在山顶高高飘扬，望着这么大的国旗，同样让人感慨不已，旗帜下面虽然没有什么爱国主义的标语和口号，但是这面旗帜在伊斯坦布尔的最高处飘扬，就是一种无声的爱国主义教育，其影响可能是深入人心！连我们这些外国人也喜欢在这面旗帜下拍照留念呢。我们在山顶公园极目远眺，起伏的伊斯坦布尔尽收眼底，我们望着对面欧洲的山坡上那些一大片一大片的古色古香的老房子和包括蓝色清真寺在内的多处洋葱头清真式建筑，在一堆一片的乌云衬托下，格外层次分明，云是云，房子是房子，清真寺是清真寺，通透清朗，赏心悦目。山下面的海峡以及海峡上面的跨海大桥，在乌云下面仿佛触手可及，东北方向山峦起伏，据说远处的远处是格鲁吉亚，可以想象当年红色苏联的强大。在山顶公园，我们有点流连忘返。但是，从欧洲方向吹来的风让我们感到身上有些凉意，我们依依不舍地离开山顶公园，从亚洲回到欧洲——回到伊斯坦布尔的另一面；这时，欧洲飘过来的乌云开始淅淅沥沥地下起雨来了，湿漉漉的松树变得青翠欲滴，路边的三角梅在亚洲风欧洲雨或者欧洲风亚洲雨里更加让人喜欢。

　　车子回到欧洲的伊斯坦布尔，我们去参观土耳其军事博物馆。这个军事博物馆是对外开放的，展出这个国家的军事历史，可惜我们对军事历史以及军事装备并不熟悉，所以看起来有点走马观花，有些展室也就跳过去不看了。在军事博物馆的小卖部里，同行在看旅游纪念品，看来看去，想挑几样纪念品带回去，不料看中的几样，再仔细一问，直率的营业员告诉说，这些纪念品是从中国进口的，大家只好作罢。而营业员好像有点茫然——你们中国人为什么不喜欢买自己国家的商品？其实不是中国人不喜欢自己国家的商品，而是跑到国外一次买回国内能够买到的商品，即使这个商品再漂亮再喜欢，拿回国内也会让人笑话，所以好面子的中国人自然不会去国外买中国货了。从军事博物馆出来时，从亚洲飘过来的乌云把整个欧洲的伊斯坦布尔盖得严严实实，一场淅淅沥沥的小雨变成如注的中雨，清朗的伊斯坦布尔变成湿漉漉的一个城市。我们离开军事博物馆后去蓝色清真寺，这时正值中午，几百年沧桑的清真寺气势雄伟，里面的信徒们正在和着高音喇叭做祷告。我们冒雨走进清真寺，如注的大雨欢迎我们，高大的回廊无法躲避斜打进来的大雨，气温下降不少，冷得我们无心观赏这在世界上都有点名气的蓝色清真寺，直想回宾馆。终于，在导游的带领下，踩着小街石板，找到汽车，直奔宾馆。宾馆就在海边，走进房间，温暖如春，沏上一杯自己带的龙井绿茶，望着海面上似动非动的轮船以及无边无际的积云，还有积云里透出来的阳光照在蔚蓝色的海面上，变化万千，十分美丽。我想，到伊斯坦布尔，住在海边的宾馆里品茗看海，望着远处欧洲或亚洲的云和雨，同样是一件非常惬意的事。

　　在离开伊斯坦布尔的下午，既没有欧洲的云也没有亚洲的雨，阳光明媚，无论是海上还是伊斯坦布尔海峡，或者伊斯坦布尔城市的天空，都是万里无云一片湛蓝。我们来到位于海边的伊斯坦布尔古城墙参观，绵延在海边的古城墙时断时续，但是保存得非常完好，即使残缺的地方，也保留着古时候的面貌。我们在明媚的阳光里举起相机，把伊斯坦布尔的古城墙以及古城墙边上的鲜花一起摄入镜头，成为伊斯坦布尔之行的一个纪念。

（2009年）

伟大雅典

雅典这个地方真了不起，一排排桑树作为街头景观树，是该国所特有的，这点和希腊的先贤们相似，都很独特。古希腊时代那些中国人耳熟能详的伟大哲学家，亚里士多德、柏拉图等都生活在这个独特的地方，许多哲学家当年在桑树底下与市民雄辩的广场，今天名称犹在。一部西方哲学史，离开希腊离开雅典，就无从谈起，更无从写起！

雅典卫城，这个有2500多年历史的人文奇迹，至今仍是那样富有生机。露天古剧场至今仍有演出，据说世界三大歌唱家都曾在此演唱过。卫城山门的雕刻精美、雄壮，显示出古希腊这个地方那时力量的强大。山顶上的巨大石柱所承载的历史风云，在这万里晴空，依然给人一种强大、智慧的震撼。站在卫城的历史废墟上，聆听亚里士多德的雄辩和谛视希腊历史的风云变幻，同样让人唏嘘和感叹。

导游告诉我们，卫城废墟上的石头是不能捡的，卫城用绳子拦起来的花岗岩石柱也不能用手去摸，我想，这完全是应该的，否则卫城会矮下去，被贪婪的现代人挖空挖平。在那个卫城，我们不住听到看护雅典卫城的工作人员的哨子声，示意人们不能用手去抚摸那些花岗岩石柱，历史是不能用手去抚摸的，因为历史里有伤痛。希腊历史上，屡遭外族强权统治，使希腊的许多珍贵文物流入别国的博物馆——法国罗浮宫里的维纳斯，就是希腊的文物。今天的和平自由来之不易，人们不应再去抚摸这些历史的痛处，历史的记忆只能铭刻在人们心里。胜利女神雅典娜、尼基神殿、巴特侬神殿、酒神迪奥尼索斯露天剧场等古遗迹在人们的视野里不断地被定格。现代数码技术的广泛运用，昔日卫城山顶上被废弃的胶卷盒已不见踪影，数码相机记录下的，是卫城的历史风采与今人对卫城的思考。当然，古雅典讲思考，所以在希腊

雅典卫城

雅典露天剧场

1896年的现代首届奥运会会场

讲思考两字,显得有些班门弄斧。但是,导游李先生也懂得历史与现实的连接,他说,当年古希腊的优秀哲学今天的雅典人没有能继承,但哲学家好争辩的传统却被今人传承了,争辩变成雅典人的好吵架,凡事都要以自己为中心,争出个是非来。

在雅典卫城上俯视雅典,心里闷得透不过气来。在炽热的阳光里,雅典无边无际的建筑以卫城为中心铺展开来,街道变成房屋间的一条缝,密不透风的建筑让人感到发展的悲哀。人类将自己挤得水泄不通,将本来气势非凡的雅典变得拥挤不堪,但是远远近近的山上的神殿建筑似乎永远在人们之上似的,巍峨地屹立在山上。

我们在雅典卫城山上热得大汗淋漓,不住地钻进树荫里,一边享受着山上的风和凉快,一边不停地拍照。一会儿,导游也知道我们晒得够呛了,便让我们沿着下山的道路往回走,去附近参观宙斯神殿。这神殿是古罗马人统治希腊时所建的,废弃后只剩下16根石柱,其中一根已横卧在神殿废墟上,这些临风而立的石柱,似乎顶着侵略者的耻辱,在现代人面前赎罪。所以,现代雅典人不愿修缮这个罗马时代的神殿，任其废去。

而1896年第一届现代奥运会的主会场，让我们眼睛一亮，因为这111年前举办奥运会的地方，依然保持着原形原样，干净整洁，依山而建，十分简洁。2008年奥运会将在北京举办，所以今年来雅典一睹这个会场，在我们的人生经历里别具意义，尽管我们不是为奥运会考察。

至于在议会大厦前观看士兵换岗，看雅典大学科学馆、图书馆等，都是顺便看看而已，因为在雅典卫城这个地方，我们就已经感到雅典的伟大，我们问导游李先生：希腊大学什么专业最好？答哲学系。什么专业最难？也是哲学。

是啊，哲学让希腊屹立于世界文明的顶峰，今天希腊正行走在哲学传统与历史和现实之间，从卫城下来看过一些遗址之后，深有此感。

（2007年）

爱琴海三岛

爱琴海早已名扬全球，但想象起来对它总有一种浪漫感，有一种神秘感。想象的成分大于现实的成分，今天一睹爱琴海上的三个美丽的小岛，感到既满足又不满足。

满足的是，如此蔚蓝色的大海，如此明亮的阳光，如此一阵一阵的海风，在其他地方是不会享受到的。蔚蓝色的大海里，矗立着无数的小岛，但大部分小岛光秃秃的，没有森林，没有鲜花草地，只有明显的一片阳光。大概是阳光对欧洲人，特别是希腊人来说太需要了，所以他们认为有阳光才是好地方，在我们看来，鲜花、草地、森林等才是环境中不可或缺的，所以光有阳光、大海，我们总觉得还缺少点什么。而从历史文明高度看，希腊和埃及等一样，几千年的文明遗存随处可见，尤其他们的保护意识是值得嘉许的。

爱琴海上的三个岛中，最漂亮的是戴安娜王妃生前最喜爱的伊特拉岛。它有一个小小的港湾，可以停泊汽艇和游轮。有一个小小炮台在小岛的右上角，上面塑着一个对小岛有功的人。据说这个岛上没有汽车，只有三辆工程车，而马车是这个小岛上的交通工具，因此，从喧嚣的都市来到这个小岛，只有涛声和风声，只有阳光和大海，所以，戴安娜王妃生前三次带着儿子来这个小岛上度假，这也成为旅游景点和希腊人的骄傲。沿着港湾走到另一头，海风很大，阳光也更明亮，能看到岸边的海底，一群外国人在那边有的跳水游泳，有的躺在岩石上晒太阳，这种潇洒我们吃不消。在拍过照片后我们便躲进海边的咖啡屋喝咖啡，这味道倒也是休闲的。但是在海边的阳光里，在海边的风光里，我们已经没有了购物的欲望。

三个岛中最大的岛是爱伊娜岛，这个岛的最大特点有两个：一是盛产开心果，我们在汽车里看到大片开心果树，正结了许多开心果，挂满了树枝，我

希腊爱伊娜岛上的教堂

希腊波罗斯岛

希腊伊特拉岛

希腊爱伊娜岛上的神殿

们还是第一次见到开心果林子,看到这么鲜美的开心果子;二是这个岛上有一个神殿遗址,规模不小,也在山顶上,与雅典隔海相望,可惜早已成废墟,与卫城上的神殿一样,只剩下一些柱子在晒太阳。如果要说还有什么其他特点,就是这个岛比其他两个岛要大得多,还有20世纪60年代建的东正教教堂,专门安放20世纪的圣人遗骸,还有山坡上废弃的拜占庭风格的小教堂。这些也足以构成爱伊娜岛独特的风光。

至于波罗斯岛,我们只是好奇地登上"计时台"——海边山坡上一个报时钟楼,然后七拐八弯地在海边这些小弄堂里转。在海边,商铺林立,人也多,一班游轮下来的几百人,一下子挤满了这个海边小镇,让这个小镇热闹起来。

在回雅典的船上,快到雅典的时候,远远望去,近处是蔚蓝的大海,蔚蓝色大海尽头的雅典是一片阳光。

(2007年)

伯罗奔尼撒半岛上的明珠

大巴车载着我们离开雅典，往伯罗奔尼撒半岛驶去。车里并不拥挤，显得空荡荡的，夏末的希腊，依然阳光灼人，所以车内的凉风倒也十分宜人。

离开雅典，车窗外出现与雅典迥然不同的景色，山上的植被渐渐丰富起来了，除了橄榄树外，还有开心果树，还有大片大片的松树，松树都不高大，没有中国长白山地区的气派和壮美，但半岛上的松树棵棵精神抖擞，看上去特别亲切，显得有生机和活力。越往半岛上的山里走，山峦起伏，松翠草青，白云淡淡地在山与山之间飘游。山上的道路曲折地在伯罗奔尼撒半岛的山间延伸盘旋。

山下碧蓝的海湾不时出现在我们眼前，仿佛海湾在跟随着我们盘旋似的。不久，快下山时，一个市镇出现在车前，远远望去全是黄色屋顶的别墅，散落在山坡和宽阔的平原上。车子轻松地下山，转过几个弯，便到达艾琵达芙鲁斯小镇，穿过一片树林，在一片神殿的废墟边停下。我们以为又要去看遗址，不料，导游李先生带我们走进旁边的一幢房子，先了解这个地区的历史，陈列室陈列着从废墟上收集起来的石头、石雕，有人物、有图案，可谓琳琅满目。从这个博物馆走出来，我们又随导游去古希腊式的露天剧场原以为是个老样子，岂料走到那边，才发现这个有两千余年历史的扇形的古剧场今天仍在使用，底部中心的位置上搭着一个舞台，还摆着许多道具，据说是在演话剧。导游见我们望着这上万座位的露天剧场出神时，便告诉说，这个剧场在下面的舞台上，你哪怕撕一张纸，掉一枚硬币，擦一根火柴都能在看台的每一个座位上听得清清楚楚。并让我们走到上面，他在下面舞台上演示给我们听，果然一枚硬币掉在地上，啪的一声，清清楚楚地传到上面看台上的人的耳朵里。导游还说，这个剧场的每条石座下面，都是按照先进的声学原理来设计的，所以两千年前的古希腊的声学已达到很高的科学水平了。

站在这希腊的古剧场中间，几千年前的文明扑面而来，让人赞叹，赞叹之后又让我们感叹不已！历史不能回到从前，但我们可以想象当年的人声鼎沸，以及首场演出时的盛况。

从古剧场出来，我们在镇上一个餐馆吃过午饭，又马不停蹄地往奥林匹亚镇赶。路上，我们又游览了现代希腊的第一个首都纳芙浦良古城堡，这是一个建在山上的城堡，在烈日下，我们登上城堡的最高处，猛然发现，纳芙浦良城尽收眼底，两条V形道路从山下伸展开去。房屋崭新整齐，远处是雄壮的山峦，仿佛在护卫着这个古城，另一边是一个海湾，城堡就建在海湾边的山上，纵横交错的城墙，气势不凡，在山上看海，海蓝得让人羡慕。什么叫碧水蓝天，这里便是。这个曾作为首都的纳芙浦良城命运不济，当时没有多少时间辉煌，就被废弃而另择新址——雅典。因此，环境如此优美的地方，竟是红颜薄命。但话虽这样说，这个地方土地肥沃，风景优美，一点都不逊色于雅典。

汽车顶着烈日，继续在通往奥林匹亚镇的山路上疾驶。路上车辆不少，

奥林匹克古赛场

位于伯罗奔尼撒半岛的人工运河

看样子这个小镇也该是一个繁华的地方。

不料，当一个小山村出现在我们眼前时，导游小李告诉我们，眼前这山坳里的村庄，就是奥林匹亚镇。

让我们大跌眼镜的还在后面，导游讲过之后，我们以为车子会往山坳里的村庄开去，但车子似乎对村庄视而不见，向着山顶驶去。导游说，我们住的是四星级宾馆，是这个镇里最好的。正在说话间，大巴车已稳稳地停在一个看似简陋的山村宾馆门口了。

走进房间，果然与门口看到的一样，很简陋，我住在111号，屋里一张矮矮的床，写东西的桌子与墙头装饰是连在一起的。不过门口有个小阳台，两把藤椅，一张玻璃小圆桌，阳台外是一片绿茵，与绿茵连在一起的，是一个游泳池，不少人在游泳，从阳台上还可以俯瞰整个奥林匹亚镇。近处远处层峦叠翠，暮霭中的山峦层次分明，更显得宁静与古朴。这时，凉风习习，山风从远处吹来，让人仿佛置身在仙境。

这时，我们都说，这地方真好。一会儿大家都去游泳了，山顶的泳池里，温和的水和凉风一下子驱散了我们一路上的疲劳。

希腊的扇形露天剧场　　　　　　　　　　希腊的文化遗存

奥林匹亚古迹（一）

奥林匹亚古迹（二）

奥林匹亚古迹（三）

奥林匹亚古迹（四）

奥林匹亚古迹（五）

　　吃饭时，我们走进一个葡萄园里，在葡萄架下有十来桌西餐，穿着白色服装的服务员穿梭于葡萄架下。这时山下灯火万家，山上凉风习习。旁边网球场上几个小孩在与父母嬉戏，这情景仿佛是一幅山村田园农家乐图。

　　饭后我们在山上小路上散步，山民们自己家的果树上挂满了果子，如桃子、梨、橄榄、柠檬等，桃子熟了还挂在上边，导游小李忙摘了一个又大又红的桃子下来，让我们尝尝。果然，桃子的味道很鲜美。

　　这是个放松心情的地方，也是一个世外桃源。

　　第二天一早，我们都无限留恋地离开了这个山顶宾馆，去位于山下的奥林匹克发源地遗址参观。这个遗址很大，里面有多个神殿，有几千年前的运动场，有当代奥运会取圣火的圣台。在那里，残垣断壁，昔日的辉煌湮没在这些巨大的柱石断石之间，一间一幢的屋基矮墙清晰地告诉今人往昔曾经有过的历史，橄榄树巨大苍老的虬枝在这片遗迹里只能算是小弟弟，再过五百年也不会升级多少。我们满头大汗地在遗址上整整走了两个小时，还有些地方来不及去观看。想想当年上万人挤在这里，举办古希腊的竞技盛典，是何

希腊纳芙浦良古城堡海边

希腊橄榄树

希腊纳芙浦良古城堡

桑树是希腊的街景树

等辉煌。导游还告诉我们一个当年的传说故事：有一个家庭，父亲、儿子都是奥运冠军，这年孙子也参加奥运会。当时宗法社会很严格，规定妇女不能去观看比赛的，而这位孩子的母亲女扮男装，混进去观看比赛，结果她儿子又得了奥运冠军，这位母亲激动得跳起来，暴露了自己女子的身份。按理，这个女人要被处死，后来因为许多有身份的人求情，加上这个家里祖孙三代都是奥运冠军，免去死罪，并从此允许女人观看奥运比赛。这个故事发生在这个遗址的土地上，顿时，让我们对这个奥运冠军的母亲肃然起敬。

奥林匹克的历史遗存，据说是在地下沉睡千年，后来才一点一点发掘出来的，许多历史往事，增加了许多猜想。想到每一届奥运圣火从这里点燃并传递到世界各地时，我们对这一片土地有了圣洁般的敬意。奥林匹克运动会，不仅是运动，还是一种精神！

这种精神不仅仅存在伯罗奔尼撒半岛，还存在人类的血液里！

（2007年）

后　记

　　我平生第一次出访的国家是日本。后来因为工作关系，又多次去日本访问考察，日本的社会管理，日本的文化，日本的自然风光，在我的脑海里留下深刻印象。所以这本书里，选了17篇有关日本的散文随笔，将自己当时的心情和观感与读者分享。韩国的访问写过多篇随笔，这里选了3篇，把在济州、光州以及首尔的见闻收录在这本书里，这些浮光掠影的记忆，并不因为时间的流逝而淡化、消失，有些反而更清晰起来。

　　奇怪，那年去南非，南非那广袤的土地，那些充满生命力的面包树，那些在田野荒草里的各种各样的动物，它们的顽强生命力，它们的自得其乐，让人充满敬意！而津巴布韦赞比西河的黄昏落日的那种红色光芒，和赞比西河的那种荒凉原始，交融在一起，让人不知道身处何处，是从前？是故乡？现场的感受写成文字，可能词不达意，现场的感受无法用语言来表达。在埃及访问时，金字塔的传说、卢克索的文化，让我看到世界文明的物质形态，这些埃及印象，恐怕到过埃及的每个人都会有深刻体会，都会受到震撼的，但是每个人的心理感受估计是各不相同的，所以还是选了几篇在这里。

　　俄罗斯和捷克是同一次去访问的地方，在莫斯科的红场，我们第一次见到列宁的遗容，我们是带着高度的崇敬心情去瞻仰他的。我知道，在列宁生前，中国人见过列宁的寥寥可数，在他身后，见过列宁遗容的中国人估计数以百万计。我在莫斯科中山大学的旧址附近徘徊，希望看到一点当年的痕迹，但是，森林后面的建筑是属于当年莫斯科中山大学的，森林前面的莫斯科大教堂是20世纪30年代毁掉以后，在20世纪90年代俄国叶利钦时代重修的。在圣彼得堡访问时，我们专门去十月革命的标志性军舰留影，去冬宫看俄罗斯曾经的辉煌，去皇村体会普希金的岁月，还路过发生列宁格勒保卫战的地方，让人感到战争的悲壮。在圣彼得堡波罗的海的海边，我们任凭海风吹拂，远眺波罗的海的晚霞，感觉俄罗斯之行就是历史之旅、红色之旅，所以选了几篇散文留在这里。至于捷克这个国家，我们第一次去的时候，还不是秋天，金色布拉格是捷克最美的地方。我们在访问期间，忽然发现当地一个媒体在做一个节目，其中有一个叫"秋天的节奏"，很有意思的名字，所以我借用过来，作为自己对布拉格秋天的一种向往。

印度的印象源于过去读泰戈尔作品和在媒体工作时印度驻华大使馆赠送的杂志《今日印度》，后来有机会去印度访问，走了几个地方，对印度有了更加真切的印象。这是一个自然资源非常丰富的国家，土地肥沃，河流所到的乡村，自然气息十分浓郁，因此将写印度的这篇短文也收在这本书里。

伊斯坦布尔是土耳其的一个横跨欧亚的城市，也是一个充满文化气息的城市。但是，在伊斯坦布尔的时候，时而大雨，时而阳光灿烂，时而碧空如洗，时而乌云密布，给我留下深刻的印象，尤其是伊斯坦布尔老城墙边上的那些生命力顽强的鲜花。那天，我们准备回国，阳光灿烂，路过一座老城墙时，车子停下来，让我们看看这些代表土耳其历史的老城墙，其实老城墙有的地方已经倒掉，但是依然保持原样，而那些花就生长在这些老城墙的乱石头缝里，在阳光里依然非常鲜艳。

希腊是世界上有数的几个文明古国之一，在雅典的街头，在雅典的古文化遗存里，我们看到了雅典的伟大。在爱琴海，蔚蓝色的海面和郁郁苍苍的小岛，像一首歌谱，是一曲绝妙的爱情恋歌。伯罗奔尼撒半岛的风光，让我们又回到从前，有时好像回到很久很久以前，生长了千百年的柏树随处可见。在那个山顶的晚餐，像在农村的道场上乘凉吃晚饭。一回头，发现山下远处灯火阑珊，天空繁星一片。当时的印象，至今无法忘怀。

重温过往，拉杂写来，无非是想把随笔里面没有写到的记忆深刻的印象与读者分享，其中也有请读者指正的意思。